다음 페이지에

천년의시 0132

다음 페이지에

1판 1쇄 펴낸날 2022년 6월 22일
지은이 김유진
펴낸이 이재무
기획위원 김춘식, 유성호, 이형권, 임지연, 홍용희
책임편집 박찬세
편집디자인 민성돈
펴낸곳 (주)천년의시작
등록번호 제301-2012-033호
등록일자 2006년 1월 10일
주소 (03132) 서울시 종로구 삼일대로32길 36 운현신화타워 502호
전화 02-723-8668
팩스 02-723-8630
블로그 blog.naver.com/poemsijak
이메일 poemsijak@hanmail.net

김유진 ©, 2022, printed in Seoul, Korea

ISBN 978-89-6021-635-8
　　　978-89-6021-105-6 04810(세트)

값 10,000원

*이 시집은 2022년 강원문화재단 문화예술지원사업으로 발간되었습니다.

다음 페이지에

김유진 시집

천년의
시작

지구에서
가장 많은 개체는 먼지다
또 하나의 먼지가 공기 중으로 부양한다
마루가 뽀얗게 결빙될 수 있을까

2022년 늦봄

차 례

시인의 말

제1부

해 설

제1부

첫 줄

국수 뽑듯 첫 줄은 이어 가지 못했다

흐트러진 눈썹에

구부러진 등뼈와 부실한 다리

꾸미다 삭지 못한 변명이 전부였다

첫 줄은 노을에 다 모인다

노랗고 푸르고 서러운 붉음이 자라난 곳에

내 못난 첫 줄의 여울물 소리며

구름이 절벽을 넘으며 발하는 숨소리며

나무의 무지개 같은 색색 표정이며

조화로운 햇살의 미소들까지

서름한 첫 줄에 달아난 시어詩語가 얼마나 될까

하늘보다 무거워하던

나의 첫 줄은 오랫동안 한곳에 머물러 흘려보내지 못했다

고흐 씨

우리 만난 적 없지요

단 한 번이라도 만난 적 없지요

별이 빛나는 밤에

별이 붓 끝에 매달려 밤새 따라왔지요

그 밤 당신은 행복에 겨워

빛으로 저녁 식사를 너끈히 했으니까요

붓은 빛을 따라 선을 그어 무척이나 햇빛을 닮았어요

그래서 아주 뜨겁고 강렬해요

우리 본 적 없지만

슬픈 귀 이야기는 생략하기로 해요

테오가 간곡히 부탁한 말이기도 해요

지나간 이야기는 다 잊고

열정의 붓을 다시 잡아요

거기는 구름이랑 햇빛이랑 꽃이랑 별빛이랑

마음껏 갖다 쓰세요

당신 붓 끝에서는 향기가 나요

아몬드나무의 꽃은 참 곱고 희군요

당신의 그림 속에 나의 눈동자가 푸르게 자라났어요

고흐 씨

새벽

양파처럼

달이 껍질을 벗기고 있다

별은 총기의 눈으로 반짝이다

뾰족한 입을 내밀어 뜨거운 입김을 가슴에 넣고 있다

북두칠성은 미궁의 북벽을 오르고

난 어슴푸레 눈을 뜬 변방에서

스스로 감았던 붕대를 한 꺼풀씩 벗기고 있다

동쪽은 붉은 듯 푸른 멍을 벗기고

출발의 실루엣은 창에 머무는지 신음 소리를 낸다

문을 여는 순간 푸른빛, 어둠의 속살이 허공을 하나씩 삼킨다

시작과 끝이 맞닿은 곳

한 마리 새가 푸드덕 날았다

그날은 여명이 무럭무럭 늙어서 지나갔다

푸른 그네

줄에 매달려
울창해지려는 곡선을 그으며
발의 수평 형식은 깊이 생각하지 않았다
무릎의 배열에 발가락은 숨기고
바람의 몸짓은 순전히 공중에서 불러 모았다
치솟을수록 당겨지는 둥근 궤적이 모이며
높을수록 되돌아오는 뒷모습에
먹먹함이나 아름다움이나 하는 느낌은
타성에 젖어 처음부터 흔들렸지만
낮을수록 당겨지는 흐린 거리는 지워 나갔다
썰물에 빠져나간 파도처럼
먼 거리를 얼마나 헤아릴 수 있을까
희망이 사소해진 곳에
부서지는 햇살을 주워 모아
공중을 완성할 용기는 한 번은 냈을 텐데
멈출 수 없는 바람 때문에
뒷배경의 후회와 탄식에 알맞은 그넷줄에
무릎의 아픔이 지평선을 혁명처럼 걸어 가 버렸다

은어銀魚의 집

눈부신 4월에
파스텔 톤 같은 바다 내음
금빛 모래에 물빛들이 새의 왈츠를 완성한다
어린 몸들이 풍랑의 바다를 건너
은빛 옷을 두르고 풍호의 민물을 힘차게 밀며 오른다
은어가 돌아오고 있다
고향 찾는 나그네처럼 어머니의 품을 찾아
주수천에 떼 지어 오른다
비릿한 인간들의 물 냄새를 맡으며
물살을 헤집고 끈질기게 여울을 차고 오른다
누군가 돌아오는 시간
은어처럼 우린 기억의 강에 도달할 수 있을까
일곱 살 무렵, 저녁 그림자에 붉어진 그리움일랑
수박 향에 젖은 풀 바람을 불러낼 수 있을까
돌아보면 아버지의 굽은 낚싯대가
여울물에서 부르는 이유쯤은 다시금 알아보아야겠다
햇살이 수면을 반질반질 만지는 환한 날에

행운

빛이 옥상에 모여요
옥상은 하늘 아래 살지만 낮은 곳이죠
낮은 곳엔 사람들이 없어요
그건 다 이유가 있겠죠

빛은 낯이 두꺼워 아무 곳이나 들어와요
그는 스스로 광명이 뭔지 몰랐어요
처음부터 그렇게 물들어 살았으니까요
아주 많이 편히요

더듬어 가는 사람의 발자국에선
횡재, 운수 대통, 대박, 천사…… 보이지 않는 허공들이
평생 만나기 어려운 이름들을 부르곤 해요

세상이 캄캄하기도 하죠
기우는 바닥과 물줄기 안에
난 혼자 있기를 좋아하여 자주 빈둥거리죠

좋아요, 좋아요 마우스 왼쪽 버튼을 마음껏 누르죠

일시에 모든 게 편해져요
무지개 색이 일곱인 걸 오래전에 알았죠

푸른 잎사귀의 전설처럼
네 잎 클로버는 제 마음의 배후입니다
눈빛이 머물러 눈이 부신 하루를 열어 가요
보든 말든 낮은 곳에서 빛이 무럭무럭 자라요

낮술

하늘이 웃고 있군
낮달이 시무룩한 어제의 그 표정
땅이 갈라지는지 뾰족한 소음 덩어리
몸에는 개미들이 사방으로 번져 붉어지고 있어
한겨울인데 왕벌이 날고
머리끝에서 연기가 피어오르지
어려운 일은 그대로 어려웠지
땅에서 땅끝까지 잔뿌리가 뻗어 왔으니까
붉어지는 얼굴에 사유를 물으며
가슴에 붙들린 걸음걸이만 흔들릴 뿐이지
나만 알아
손끝이 구름발치에 닿아서
발등이 구순해졌고
외곽에 모여 사는 창문들이 작달막하게 보여
양철 지붕 위로 낮 별들이 눈처럼 내리고 있어
한잔 마신 하늘이 고샅길만큼 되어 버렸어
온통 붉은 물이 들어도 좋겠다

알파마*의 노래

대륙을 건너 이곳까지
한 여자가 끈질기게 운다
가슴 밑바닥에 조각조각 남아 있는 정열이거나
알 수 없는 슬픔의 역사이거나
가난과 투쟁의 쓰라린 아픔이거나
그것 모두 골수에 묻혀 버린 상처이거나
아니면 시들어 버린 청춘이 그를 아프게 했든가
우수를 빗속으로 데려간 그의 목소리는 이제 늙어 버렸다
비명 같은 목소리는 가슴에 걸려
운명과 숙명 사이에 몸부림친다
알파마 알파마, 기타라 줄에 젖은 물방울들
한 세월의 외침도 가수도 사라진 축축한 언덕 위로
눅눅한 노을이 무심히 하늘을 쳐다보고 있다
그의 노래는 무덤에 잠들지 않고
시작과 마침표의 무모했던 열정을 더듬어 가는 동안
내 주머니 속 낡은 음반은 내내 거친 숨을 쉬며 돌고 있다

* 알파마: 리스본에서 가장 오래된 지역, 파두로 유명한 곳.

조립의 시간

늡늡한 단어를 오래 모으면
숲이 울창해질 거란 믿음으로 시작한 일
밤을 지탱해 준 글들이 일어나 저들을 위로하며
길 떠날 채비에 어설픈 새벽을 정리해 본다

깊어진 눈인사를 눈썹 위로 올릴 사이
이마에는 야광나무 잎처럼 거룩한 사리舍利 빛으로
해석 안 되는 시간을 수소문하며
나의 미완의 문장들을 앞뒤로 돌리고 있다

날마다 무너지고
가리사니가 다시 돋아나
새로이 지어지는 일, 바람의 한 생애를 다시 읽는다
시간이 제 몸을 차곡차곡 쌓고 있다

체온

요즘

36.5℃ 근방에

고개 숙이는 날의 연속이다

오늘도 출입문에 선다

통과의 신분은 명찰이 아닌 나의 체온

인격이나

말의 체온은 지극히 정상일까

천년을 거듭해도

잘 잊는 일

정말 쉬운 듯 참 어려운 일

마른 풀의 표정

이제 더 줄 것 없는 얼굴입니다
물러난 햇살에 헐거운 몸통은 누웠습니다
바짝 마른 몸에 간신히 매달린
풀씨 몇 포기도 바람이 다 데려갔습니다
꺾인 허리에 관다발은 숨을 멈춰
거울에 비친 모습이 예전을 잃었습니다

푸르게 살아온 날들이 회색처럼 엷어진 시간
풀을 잡은 손 뼘이 떨리며 감정적으로 말라 있습니다
손안에 붙잡혀 푸덕이던 풀들이
풀의 향취를 도전적으로 발산하던 그때가 떠오릅니다

이제 희끗한 머리에 마른 육체도
더 줄 것 없이 비어 있는 얼굴이 되었습니다
거울 앞에 마른 풀 같은 표정으로 서서
더는 초록을 들추고 세상 안으로 들어설 수 없었습니다
푸석한 뿌리만이 땅에 엎드려
출렁이며 한 시절을 잘 건너야겠습니다

사물

나는
보이는 것과 보이지 않는
어느 흐릿한 지점에 당도해 있다
무언가를 읽고 계속 보고 있지만
텅 빈 눈동자 속엔 완성되지 못한 눈썹의 흔적뿐
초점은 구석진 모퉁이에 자라지 못한 뿌리로 남아 있다
기억 속에 자라는 말이나
하고 싶은 말이나
스치는 손짓 하나에도 언뜻 사랑이라 느끼며
우주의 필연은 믿지 않으나
저 너머 달아나는 구름 같은 꿈도 알지 못하니
내 이름 부르며
제목 없이 결론은 흩어지고
발송되지 못한 문장이 가슴통에 고스란히 남아
그것을 최후라고 읽는다
계절에 속아 나도 모를 깊은 병이
내 몸속 어딘가에서 뾰족한 바이러스가 되어
기지개를 켜고 있을지도 모른다

다음 페이지에

멀리 갈 필요가 없습니다
해답을 찾으려 멀리 갈 필요가 없습니다
짧은 기억이나
같은 듯 다르게 하는 말이나
나를 지우고
끄집어내는 것들은
다음 페이지에 적혀 있습니다

벼랑을 기억하자 이내
중력은 내 눈썹 밑에 자리하고 있다는 것
연습 없이
썩고 마르고 휘어지는 수업이 시작됩니다
모두 침묵이고
모두의 입은 접었습니다
기울어진 바닥에 물기만 흥건합니다

모퉁이 길을 찾아
페이지의 형식을 넘길 때마다
손잔등에 겹겹의 가시로 얼룩질 뿐입니다
구겨진 혁명도 없이

눈먼 새가 우주를 건너고
숨은 영혼이 표정을 끄집어낼 때
변방의 언약들이 문드러지며 하루씩 지워 갑니다

2월의 나이테

하나가 저문 표정으로
둘에게 다가와 말을 건네는 시간
체온이 풀씨만큼 짧아진 노을을 등지고
우리는 길어진 겨울 대화를 이어 간다
나무의 헐거운 이야기며
그날의 바다는 여전히 잘 있다는 말이며
달이 넘쳐 기운다는 낡은 생애를 들추어낸다

더할 나위 없이 창백한 계절에
누구의 이별에 대해 말하고
낙엽처럼 말라 버린 발톱을 빈 잔에 부으며
바람에 떠밀려 흩어진 이름 없는 불빛이며
수많은 그들이 수장하고 돌아서는
쓸쓸하고 텅 빈 바다에 관해 이야기를 시작한다

새 한 마리 낯선 가지에 앉아
붉어지는 뼈 속의 뒷면을 품기 시작한다
나의 울음이 마르는 한 시절로 돌아가
미끄러져 출렁이는 허공을 붙들고
낡은 뿌리에 나이테 한 줄 더 그을 준비를 해야 한다

저녁 눈

저녁에 내리는 눈이
밤의 둘레를 둥글게 만든다
세상에 소리 내는 것은 말없이 내리는 눈뿐
새벽 고양이가 저녁 순찰을 마칠 무렵
장독대 항아리는 눈을 계속하여 약수처럼 마신다
둥글게 둥글게 제 모습을 희게 잊어 가며
가장 멀리서 가장 순박하게 오는 것을 담아내고 있다
차곡차곡 소리 내며
항아리에 하얀 별이 들어가고 있다
내 눈 속에도 하얀 별이 한참이나 쌓이고 있다
저녁불이 들어온 것이다

반사反射의 수명

뒤엉킨 햇빛을 붙잡고
허공이 지붕에 하늘색 칠을 한다
예고 없이 비를 맞으며
처마 밑에 고이는 축축한 육신의 몸짓으로
살색의 하루를 마시며
반나절 텅 빈 오후를 빗자루로 쓸어 낸다
오래전 잊어 버린 적막이
입술에 입을 만들어 반사反射의 노래를 할 수 있을까
지붕 아래 모인 시간이 단단해져
푸른 물살의 깃발이 뜨는 날을 기다려 본다
지붕의 노쇠함이나
낡아 버린 뼈대의 숭고함에 대하여
깊게 팬 손의 주름으로
그날의 지붕을 힘주어 넓게 펴 본다
커 갈수록 작아지는 어느 별 아래 물러지는 색들

홍시

눈밭에 불꽃이었다
물까치들이 불꽃에 모여 호호 불며
불꽃을 먹고 있다

춥고 어스름한 토담 길에
까치들이 불꽃을 입에 물고
불꽃의 말을 하고 있다
거룩한 저녁이다

백수의 봄

할머니 쌈짓돈처럼
꼬깃꼬깃 풀리는 햇살 속
개나리의 웅얼거림이나
일찍 입을 연 벚꽃의 수다스러움이나
술에 취한 듯 비틀거리는 호랑나비의 궤적까지
수학적 분석에 이어
시적으로 해석하는 능력의 소유자
윙윙거리는 꿀벌의 몸짓을 관찰하고
무슨 말인지 번역하는 일
전깃줄에 앉은 떼까마귀 수를 헤아리다 수차례 그만둔 일
제집 담벼락 덩굴장미의 목대를 하루에 한 뼘씩 자르다
그만 분재가 되었다는 사실이
그만 모르고 가족이 다 아는 사실
봄이 다 가도록 겨울옷 벗지 못하는 감각까지
집중과 분산을 밥 먹듯, 날마다 반복하는 일에
싫증 없이 하루에 하루를 이어가는 시간 부자
머리가 희끗하게 물들었지만
화장실 거울만은 잘 안 보는 그 사내

푸른 나뭇잎의 계절

샘물에서 나오는
푸른 나뭇잎이 좋아 보였다
어둠에서 빛 하나 들여오는 깊이이면 족했다
밤이면 시냇물 이야기며
죽어도 같이 나눌 수 있는 별 이야기며
멸치 국물에 국수 맛 같은 말들이 쏟아져 나왔다
무릎에 머무는 하루가 천 년을 넘나들었다

새들의 노래며
열매들이 살을 붙이는 일이며
풀과 나무를 키우는 공중의 신비며
나뭇잎에서 터져 나오는 황홀한 시구절에
저녁 별빛에 널어놓은 옥상 흰 빨래들이
새벽 달빛을 먹어 노랗게 말라 갔다
전등불 같은 푸른 나뭇잎을
내 방 책상에 하나씩 올려놓은 적이 있다

시적詩的 단어 사용법

반달: 초승달을 보다가 하루 반나절 저축하며 내 주머니를
　　　자꾸 만지는 달

별: 언제부터 거기에 사는지 역사는 모르고 자꾸만 빛을
　　어둠에서 솎아 내는 재주꾼

해: 크게 갈증 나게 하는 폭군이지만 뜨거움이 없으면
　　사랑도 없다는 전설의 최고 총잡이

시인: 도무지 종잡을 수 없는 필력으로 우주를 통째 만지
　　　다가 저녁 팻거리를 찾아 투잡Two job을 해야 하는
　　　절박한 사람

꽃꽃: 누구의 지시도 아닌데 물 한 모금 마시고 땅을 박
　　　차고 일어나 새벽부터 색색의 옷 방 꾸미는 지구의
　　　전문 인테리어

아름다움: 사람마다 기준이 다르며 죽을 때까지 붙잡지
　　　　　못하는 신기루 같은 물질

0100

언제부터인가
가슴에 우울한 염소 한 마리 살고 있어
풀이 싫어서
마른 종이를 잘근잘근 먹어 치우곤 해
친절한 햇빛 아래
시시한 시들만 토해 내곤 했어
영영 돌아오지 못할 시들 말이야
시간이 비행기보다 빨라서 두려웠지만
이 오래된 어둠 속에서 생각의 생각들은
빈둥빈둥 노는 듯하던 시인 박인환을 노래하며
이따금 목마와 숙녀의 영혼을 끄집어내고
커피 한 잔에 동그랗게 담배 연기를 쏘아 올리던
어느 창가의 멋진 손가락질 한 소절을 흠모하곤 해
영원은 저기에 머물지만
영영은 보이지 않는 어느 지점에 사는지
누가 좀 알려 주면 어떨까
종일토록 깃털의 시가 바람에 휘날리는 하늘 아래
물끄러미 비어 가는 영원
내 영영

공중

부딪칠 것 없이 내 집이다
깃털의 가벼움으로 중력을 이길 수 있는 곳
죽으면 한 번은 거쳐서 가야 하는 모퉁이 길
바람이 살며 가끔은 구름이 우는 곳
누우면 깜깜하여 생각이 잘 보이지 않는 곳
저 혼자서 잘도 춤을 추며
몸 없는 것들이 몸을 만들어 사랑의 불빛을 모으는 곳
나 여기서 흰나비 되어 죽도록 춤을 추다
늙은 보리수 아래 부좌 틀고 적막의 친구가 되어 본다면
내 몸에 마르지 않은 물기가 흩어질까
일생 다다를 수 없는 곳, 북벽은 멀리 있고
보이지 않는 저기까지 영영 먼
또 하나의 지푸라기 빈집 같은 허虛

도깨비 길

거짓말 같겠지만
흥업 매지, 언덕길에는
얼굴 없이 소문에 소문만 무성한
발톱 없는 도깨비 한 분이 산다고 했다

길에 도깨비가 산다는 말에 신기한 듯
사람들이 대낮에 수북해지는 얼굴로 걸어 나왔다
도깨비는 길바닥에 누워
신께 뉘우치듯 방망이 가시를 하나씩 분지르고 있다

밤에는 등을 산등성 향해 주욱 펴고
발 하나로 공놀이하고 있다
사람들이 도깨비 등에 올라타 궁둥이에 공을 붙이면
공은 자꾸만 아래에서 위로 굴러 올라간다
신기하고 비상한 재주다

우리는 두 손 붙잡고
내내 희망과 꿈을 위로 밀며 굴릴 것이다
도깨비의 내공이 지상에 머물 때까지
도깨비는 밤에 일하고
습관처럼 낮에는 공을 거꾸로 굴리며 잔다고 했다

제2부

여백의 주소

나는 여백을 수집해요
새벽부터 무얼 찾는 일은 그만두었어요
창밖에 눈처럼 허공을 휘젓는
쓸모없는 생각들이
여백을 매울 수 있다는
그런 생각조차 그만두었어요
여백에 여백이 되어
나를 고스란히 안고 그만큼 멀리
여백의 영혼으로 돌아가고 싶어요
혼돈의 밤을 지나
천 일 동안 우화의 마늘을 먹고
다시 어느 별의 무엇이 될까 해요
누구 앞에서도
보이지 않는 흰 점 하나 될까 하지요
참으로 먼 여행이 되겠어요
습관처럼 여백이 여백의 플랫폼으로
따옴표 같은 통속의 문장에 들어가
또 하나의 긴 밤을 건너고 있어요
나의 물결은 끝끝내 보내 드릴 주소가 없군요

늦가을 도심에서

가늘어진 햇살이
아파트 옥상 빨래의 속살을 파고든다

도심 속 낮달이 민낯을 씻을 때
분주한 소음들이 아스팔트에 잔뜩 웅크린다

사람들은 이곳에서 먼 곳으로 가
나무가 그려 놓은 풍경 안에 둥지를 틀고

고요가 그리는 세상의 저무는 해를 보며
노을의 소곤거리는 정다움이며

가슴속 흐르는 강여울 소리에
낙엽들이 떠나 버린 한 시절을 기억할 것이다

늦어진 것은 어디서나 침묵이 깊어
몸통뿐인 허우룩한 나무들이
저 혼자 입었던 옷을 한참이나 지우고 있다

며칠 동안

고뿔로 며칠 쉬었다
옥탑방 천장이 우주가 되었다

말도 안 되는 글자들이 떠다니고
대낮인데 잔별들이 몸에 들어왔다
어둠이 깊을수록 입술은 말라 왔지만
눈은 더없이 맑아지는 듯
천장에 심어진 글자들이 또렷이 보였다

누워야 보이는
삶의 제목들이 나뭇잎처럼 무성히 자라났다

그날은 할배의 기침 소리가 아프지 않게 아슴아슴 들렸다
천장에 심어 둔 활자들이 그날 숲을 빠져나왔다
자유가 바람을 타고 날았다

베고니아

오늘 보았습니까
아니 며칠째 바람만 불었습니다
어디 멀리 갔습니까
아니 느닷없이 사랑한다고 했습니다
내일 보려고
태양만큼 가슴을 달구고 있습니다
머리카락 구석구석 빗질하며
빨간 립스틱에 바다색 원피스가 맞는지
초록 바지가 어울리는지
금이 간 거울에 물어보고 있습니다
마음은 쟁반 구름 위에 떠
그만 얼굴이 붉게 달아올랐습니다
도저히 말리지 못했습니다
아직 뜨겁습니다

리코더의 눈

열 개의 손가락이
바람의 눈을 교차하며 깨우고 세운다
눈은 바람에 매달려 숨을 쉬며
오므린 입술로 봄이 왔음을 노래한다

열 개의 눈에서 나오는 광채가
멈추다 사라지나 싶어서
열린 눈을 감추었는지 알 수는 없다
숨구멍을 틀어막고 한 뼘 더 가까이 가려고
손가락을 허공에 올려놓는지 모른다

열어야 사는 구멍이 세포처럼 움직인다
오늘이 연주되고
내일을 완성키 위하여 음표를 오선지에 뿌려 둔다

눈이 사는 어두운 관통은
손끝을 딛고 일어서는 파동의 힘으로
각개의 높이에 따라 감당할 수 있는 물음이 있기 때문이다
이후 손가락이 푸르게 물들어 간 뒤에
숲의 노래가 시작되었다

회색 시

어쩌다
내가 시를 쓰게 되었나
셀 수 없이 가을이 오고 낙엽 지고
뜻 모를 구름이 지나가는 동안
신은 기쁨보다 슬픔을
행복보다 아픔을 길게 쓰도록 하셨다

난 오늘도 흐린 손으로 시를 쓴다

누군가 어깨너머로 말을 건넨다
구름이 건네는 말처럼
이제부터라도 가벼운 시를 써야겠다

어깨너머로 전해 오는 은은하고 부드러운 시
어깨너머로 듬직하고 힘이 되는 시
깃털같이 훌훌 날아가 금세 내게서 지워지는 시
그래서 슬퍼하지 않는 화자만이 읽어 보는 시

어쩌다 지금까지
밥도 안 되는 시를 쓰게 되었나

내일 하루 퇴고가 다 되면
칡꽃 향 맡으러 고향에 다녀와야겠다

별의 부름을 받다

사랑 하나쯤은 거뜬히 받아 줄
별에게는 허연 반달의 나이는 짧았다
우주 먼 밀랍, 어느 신의 나라에 사는 푸른 별에게
둥글고 하얗게 긴 편지를 쓴다

허공 속에 제일 빛난다고 말하고
작약 꽃밭 같은 그곳을 가지런히 일구며
마침표 같은 말은 끝내 건들지 못하고
허투루 빈말만 빼곡히 적어 놓았다

무궁 너머로 돌아가지 않아 촘촘 감사하며
이곳 어느 지상의 풀밭에 앉아
핏줄처럼 뻗어 나간 십자로를 가늠하며
소박하게 홀로 피었다 지는 풀꽃의 이름을 헤아린다

이유 없이 먼 곳, 내가 불시착한 이생異生에서
춥지만 드물게는 구석진 자리가 따뜻하였다는 기억이다
나는 지금 땅에 입술로 엎드려
가장 신비한 별 하나를 이해하는 중이다

비행운

살색의 하늘에
비행운이 길게 떠 있다
무언가 떠서
가벼이 지나간 뒤에 남겨진 것은
저리도 희고 물새 발자국처럼 젖어 있는 것일까

날아갈 수 없는 앙금이
소리가 아니라 구름이 되어
조금씩 물러지는 영혼의 흔적 따라
응결되어 오는 것은 저리도 외로운 것이라

꽃봉오리가 햇살에 내놓은
심장 반쪽의 하얀 띠 자국을 따라
허공에 흰 선을 입에 물고
신이 주신 여백 속에 나를 오래오래 세워 둔다

그해 겨울

날이 저물어
겨울 숲이 더 무거워졌다
예고 없는 폭설에
저녁이 와도 새들은 공중을 날았으며
하나의 세상이
통째로 눈 속에 푹푹 빠지고 있다
그해 겨울
무릎에 차오르는 해묵은 상처는
발밑에 바스락거리며
쓰러진 근육을 하나씩 주워 담고 있다

숲을 건너
나뭇가지에 앉은 바람이
고요의 외로움을 한참이나 떠밀어 내고
서 있는 자리마다
눈발이 모여
상처의 상처를 깊숙이 묻는다
깊고 아득한 것들이 되살아나
시간의 피난처 되어
계속하여 허공을 바라보다가

부서지는 신음에
왜 갈증이 보태지는지 알 것만 같다

논골 등대

그 많은 파도가
밀려간 뒤에 돌아온 첫 번째 밤
달과 바람이 아득히 어둠에 빠진 밤
논골 언덕 까막바위 전설은 다 실종된 듯
바다는 고개를 내려 동쪽에 엎드린다

바닷가의 밤은
파도를 부르는 웅크린 달빛이 배열하며
떠나온 곳을 돌아가기 위해 떠남이 되풀이하는 곳
버릇처럼 어둠은 포구에서 멀어져 바다로 나간다
어머니 부름 같은 불빛은 하늘 끝에 붙이고
동으로 동녘으로 자꾸만 번진다

이루지 못한 무엇이 있길래
불빛은 칠흑의 바다로 자꾸 나가는 것인가
언덕에 사는 창문들이 균열의 무늬를 만지고
지나가 버린 낭만의 시대는 말이 없으며
떠나 버린 어부는 끝내 뒷모습을 남기지 않는다

>
아픔이 마르고 불빛이 태어난 곳으로
죽지 않고 단련되어 되살아나듯
희망의 몸부림은 내 운명을 바꾸는 뱃고동 소리인가
논골 등대는 이 밤에도 사죄하듯 흰옷을 입고
검은 모래밭을 오가며 불꽃의 말을 던지고 있다

물고기의 진화

딱딱한 것은 사양할게요
팔딱거리는 아가미는 어쩔 수 없잖아요
생사의 입구 정도는 양해하시겠죠
당신의 날카로운 이빨은 계속 진화하지요
질긴 것은 질겅질겅 씹어서 정복해 보겠어요

삶의 표정은 날마다 수천 가지
어떻게 순간마다 허허 웃고 하품하며 살 수 있겠어요
가끔은 우리 희망을 이야기하고
먼바다로 나간 어부의 힘줄도 가늠해 보지요
드물게는 아가미가
지느러미의 표정이 된다는 말을 믿어 보기로 해요

물속은 잠잠하지만 물 밖은 어떠신가요
괜찮다는 말은 당신의 오래된 징표이군요
꽤 오랜 시간 가시가 굳어서 등뼈가 된 이상
당신의 가시를 존중하겠어요
아플 때마다 가시에서 파도 소리가 난다는 것을
어떻게 잊을 수 있겠어요

\>

날마다 가시의 삶이 연속되는 물 밖에서
당신은 물 안의 시절을 기억하지 못하는군요
아가미와 지느러미의 부드러운 연대기 속
썰물처럼 모래의 깊이가 빠져나간 곳에
가시와 등뼈의 오래된 진화적 논리를 말이죠

새의 무게

새가 어제처럼
산수유 가지에 앉았다
어제의 기억만큼 휘어지는 가지
새는 발밑에 떨어지는 노란 꽃을 보며
날지 못하는 꽃의 허공을 향해
무언가 말하듯 분주히 등뼈를 세운다
새의 부리로 하는 말
새의 가슴으로 하는 말
새의 날개로 날아간 말이 쌓여
마른 광주리에 수북이 꽃그늘이 되었다
새의 어제처럼
떠난 뒤에 흔들리는 가지처럼
하고픈 말에 갇혀 버린
내 그림자의 무게도 흔들리며 거기에 안주해 있다

세탁물 연대기

물보다 더 맑은 말은
한두 달여 하지 말아야지
때 묻은 말은
물에 씻어 옥상 빨랫줄에 널어야지
집게에 꼭꼭 집어
바람의 도움으로 뽀송해지면
햇살을 불러 반듯하게 다림질 줄을 내어야지
줄에 글 한 줄 올려
반짝반짝 현관에 내놓아야지
벙어리 눈사람같이
눈빛으로 말하는 하얀 사랑
봄비에 젖은
새의 깃털같이 촉촉한 물빛 사랑
아침마다
창문에 아로새겨진 햇살같이
반짝이는 이름 모를 사랑
어느 봄날, 비 내려
젖은 신발 신고 헐렁헐렁
빗길을 오래오래 걸어가는
축축한 사랑의 염탐은 어떠할까

바다 옆 수족관

서식지가 바뀐
빈사의 몸이 네모난 창에 엎드려
죽은 듯 웅크리고
삼킨 모래를 토악질하며
그날의 바다를 보고 기도하듯 기억을 지우고 있다
고요해진 풍랑들
비릿한 사각의 둥지
인공의 물 기포를 쏘아 올린 퇴락의 하루를 보내며
깊이를 건너온 영광의 날을 돌이켜
지느러미에 공허한 날개를 수북이 세워 본다

바깥 운명들이
세상에 헛발질하며
이 변방의 모서리에서 목숨을 움켜쥐고 산다
심장과 가장 가까웠던 말은 잃어버리고
각자 주머니 속
깊이를 가늠하고 재단하며
얄팍한 입술로 사라진 제국의 이름을 부른다
점점 어두워지는 생의 폐허 안
종일 기포만 삼킨 허한 몸뚱어리가
주인 사내 발아래 흘린 마른 소주를 지독히 핥고 있다

조약돌

냇물에 손을 넣어
끄집어낸 조약돌 하나
둥글고 길쭉한 모양이 물고기를 닮았다
물을 떠나 손바닥에 비린 이야기가
슬플까 아니면 기쁨일까
푸른 햇살이 물기를 빼앗아 간 냇가의 오후는
물새의 울음도 나지막이 내 안에 머문다

조약돌에 그려진 잔 문양의 물결이
웃음일까 아니면 눈물일까
냇물은 아래로만 흐르고
나의 기억은 물살을 거슬러 연어처럼 오른다

조약돌이 사는 집은
외롭고 지친 곳이 아니듯
우리는 각자의 문양으로 도화지에 그림을 그린다
그 오랜 세월, 몸의 그림자를 흔쾌히 깨우고
손가락마다 조등을 매달며
까닭 있는 이유를 몇 가지 알고 싶어 한다

마스크의 말

난
나의 정체를 알리지 않으려
말하지 않았어
몸짓도 그만두었지
종이와 눈먼 연필로만 넌지시 그려 냈어

벙어리 마스크는 허공이 아니어서 가능해

일찍 나온 개나리는 몸의 발광으로
봄을 노랗게 그리며 수평선을 지워 버렸지

당신이 말을 꺼내기 전 내가
모든 말을 들었던 것처럼
볼 수 없는 투명한 것들은 그대로 남겨 둬
그곳의 무한은 다 알 수가 없어

달의 표면같이 얼룩진 무수한 침묵에
두 손 모아 신께 기도드릴게
제발 몹쓸 바이러스는 다 가져가

미늘의 시간

멀리 가지 않아도
바람이 나뭇가지를 입으며
철새들의 이야기나 산굽이 어슬어슬 걸어가는
잎사귀의 말을 들을 수 있다
미끄러지는 땅거미 어깨에 잠시 누워
달의 노래를 들을 수 있는 곳
마을 길섶은 이 밤을 준비하듯
여울물 소리에 밤의 지평을 넓히고
물길로 자기만의 노래를 아래로 흘려보낸다

제방 둑에 사는 어둠이 흥건해졌다
시간이 날렵하거나 날개가 헐렁한 것들이
막 떠오르는 별이나, 가끔 희미하게 웃어 주는 달이나
물오리 떼의 저녁 그림자만 키워 낸다
마음이 허공이 되는 시간마다
뭇사람들의 옛이야기가 돋아나길 기대하며
길섶에서 덧칠한 시답지 않은 시 한 줄 구석에 밀어 놓는다

발자국을 살피며

오로지
언덕을 잊기 위해 걸었다
스스로 발자국이라는 이름을 붙이고
어떠한 알림도 없이 다가온 것을 확인하면서
발자국 폭은 갈수록 좁아졌다
그것이 가파른 언덕임을 뒤늦게 알아 가며
그날도 운명처럼 언덕을 걷고 있었다
숭고한 햇살이 등 뒤에서 축복해 준다는 믿음 가운데
묵직한 미소는 발자국에 넣어 주며
난 그의 기분을 살피며 주머니에 손을 깊이 모았다
언덕은 생각보다 뾰족한 돌들로 펼쳐졌다
이렇게 많은 돌출이 그를 들어 올리다니
발이 푹푹 넘어지는 날의 연속이다
땅에 엎드린 비둘기가 급히 날아오른다
저들은 고요 다음에 폭풍우라는 사실을 알아 버린 것일까
쫓기듯 쪼아 대며 살아온 날들
언덕이 가르쳐 준 사실을 모르지 않았지만
감당할 수 있을 만큼 발자국들이 접힌다
오르는 높이가 있다는 사실만으로
생生에 펼쳐지는 풍경이 힘주어 달라 보인다

집이 있어 집으로 돌아가야 할 시간
내일은 또다시 밝아 오리라는 진실 하나로
발자국 깊이를 막대 자로 재어 보았다

가을 문틈

가을 문틈으로
기울어진 빛이 들어왔다
방바닥에 길게 점착된 빛의 선 긋기
틈은 좁았으나
비집고 들어온 빛들이 찬란하다고 해 볼까
한때 기울어진 것을 동경하며 찬양했다
수평선의 일정함은 보이지 않고
흔들리는 파도만 열심히 쫓아다녔다
하지만 이제
기울어진 사선에는 날카로운 독이 있음을 알았다
초대받지 못한 빛들이 들어와
구석진 방바닥에서 오랫동안 편을 가르고 있다
완충지대를 모르는 모서리가
어둠을 흡수하듯
저들의 눈부신 알갱이들이 한곳에만 집착한다
어느 가난한 햇살에
오래된 느티나무 그늘에 앉아
수없이 져 버린 잎새들의 등짝을 생각하며
왜곡된 분칠 같은 시선을 사선에 한참이나 떨구고 있다

한 송이 푸른 치마

푸른 치마에
수평선을 흠뻑 담아 오시겠지
바다 내음이며
뿔소라의 뱃고동 소리며
옥색에 물든 파도며
오시면 한가득 들려주시겠지
수백 년 기다린 지평선에 꽃신 신고
이제 곧 오시겠지
모래밭에 긴 발자국 총총히 새기며
한 송이 바람처럼 사뿐히
곧 오시겠지
푸른 치마에 바다 노래 부르며

바다의 시

바다에는
하나의 문장이 산다
수직은 겸손하지 못하여
수평선을 몸소 실천하며 바다에 엎드려 산다

하늘도 가끔은 제 몸을 지우고
바다가 된다
그날은 세상이 온통 하얀 문장이 된다
해무海霧가 자음을 지우는 날이다

바다는 단 하나의 모음으로
시詩를 짓고 있다
길게 누워 버린 안개 같은 시 한 줄
오래오래 음미하며 몸을 씻는다

제3부

물의 색깔들

수소와 산소의 결합이라도
물을 이해하려고
햇빛 알갱이를 불러 모았다
물의 입자들은
언제나 그랬듯이 마음이 좋아 보였다
늘 한데 섞이어 수시로 모양을 바꾸며
경우에 맞추어 변신하며 잘 살아가는 모습이 사람과는 달랐다
작은 여울이나 벼랑을 만나면
몸을 구부려 속도를 조절하고 다음 순서로 잘 건넌다
물에서 배운다
물은 생명을 키우고 스스로 낮은 곳으로 몸을 낮춘다
물에서 도망칠 때마다
난 내 안에 요동치는 물방울을 비질하며
무뎌지기를 바라지만
물의 색깔처럼 오로지 하나로 통일하지 못한다
햇빛을 다시 불러 모아
마음에 한 숟가락씩 떠먹이면 색이 어떠할까
땅의 문이 열리고 물빛이 참 고운 날이다

무한궤도

한 번쯤은
서지 않는 기차에 올라
지평선이 사는 시베리아를 바라보며
끝없이 달려가는
멋진 후회에 후회를 저지르는 여정이 되고 싶다
망설이지 않고, 흔들리지 않고
밤이 없는 극지의 나라에서
종일토록 빛의 얼굴에서 발산하는
뽀얀 미소를 한 입씩 받아먹으며
덜컹대는 수레바퀴의 애잔한 노래에
잘생긴 포도주 한 잔을 하얀 목소리에 물들이고 싶다
상상의 나래로 극지까지 달려왔고
이제 표지 없는 국경을 건너 더 멀리 나가려고 한다
미지의 꿈을 완성키 위해
기차에 후회 없이 오르는 것
바람에 무너지는 마음은 총알처럼 장착하고
조준 없이 방아쇠를 당겨야 한다
또 하나의 미지를 위해
청춘의 노쇠함도 잠시 보류하고
가끔은 못난이처럼 울며 울어 가며

눈물 한 방울의 슬픔도 끌어당기며

늘 같은 자리로 돌아오는 궤軌가 완성되도록

반달

절반만 구했다
나머진 태양이 가져갔다
다 슬퍼할 수 없어 아무렇지 않은 척
잠든 나뭇잎이 호주머니에 바람 한 움큼 집어 주었다

붉은 벽돌집 담벼락은 헐렁한 어둠을 입고
한참이나 멀리 가 버린 새벽을 부르고 있다

서쪽 하늘가엔 토끼가 사라지고
춥고 서러운 아이의 눈동자가 걸려 있다
나 홀로 붉은 심장 반쪽 구하려고
입은 절반이나 헐었다

고요

단 한 번도
잠든 적 없던 밤이
일어나 앉아
밤새 내 이름을
목이 쉬도록 부르고 있다

누구 하나
흔들어 깨우는 사람 없이
숨소리만 가슴에 붙어 붕어처럼 말을 건넨다

모두 눈을 감고 있을 때
별 하나, 둘이……
물고기자리를 열심히 닦고 있다
침묵도 그림자 없이 그만 잠이 들었다

진눈깨비

비도 아니고
그렇다고 눈도 아닌 이름이
허리에 물기를 흠뻑 당기고 땅에 눕네
부질없이 공중을 떠돌던 시간
속 시원히 비나 눈이 못된 물 반죽되어 바닥에 엎드리네
잠시라도 마음대로 못 되는 세상
기웃기웃 한세상 이리저리 살다가
하루는 빗물이나 마시고
또 하루는 절반으로 눈사람이나 쓸어 만들어 보자
소용없이 내리는 모호함에
살다 살다 물로 돌아갈 허깨비 같은 생生이다
딱딱한 얼굴들이 바닥에 누워 하얀 알약을 먹고 있다

겨울 호수

몸을 뭉쳐
흰 절벽 만드는 것은
나처럼 꿍꿍 울기 위한 것
헌 옷 얇게 입고
국경선 건너는 얼음 발로 살다가
봄이 되면 슬퍼
기어가며 절규하는 발소리, 꿍꿍
폭탄 맞은 저 울음소리
우연히 엿들은 최후의 찢어진 언어

정육점 여자

유리창 밖
예고 없이 흰 살점들이 수북이 쌓인다
오는 이 없이 아무 일도 없는
여름 내내 등짝에서 울던 냉동고 소리는 깡그리 들어갔다
그땐 봄날이었지 지금은 다 죽었다
팔짱을 낀 여자가 붉은 등 아래서 방언처럼 중얼거린다
천장 형광등은 충혈된 눈빛으로
연신 껌뻑이며 여자의 무딘 칼을 향해
독설 같은 시선을 보낸다
붉은 살점들이 엎드린 방
어미를 찾는 어린 새끼의 절규나
아기 돼지의 둥근 꼬리의 기억은 잊은 지 오래되었다
오늘 밤, 바람 부는 길섶에 나가
오래전 떠나간 기러기 떼 울음소리나
아니면 시베리아에 잠든 늑대의 심장을 만지고 싶은 여자가
손에 녹슨 칼자루 한 움큼 부여잡고
핏물 먹은 앞치마에 뚝뚝 떨어지는 살점 같은 욕망 대신
꽃별 찾아 번지수 없는 하늘을 뒤지며
왼 젖가슴 같은 봉긋한 희망을 끝내 담을 수 있을까
폭설이 그치자 붉은 등 같은 구름이 토막 난 채

산 아래로 미끄러져 몸째 넘어진다
붉은 심장들이 여자의 칼끝에 모여 무성해지는 저녁이다

시와 나무

말 없는 시가
또 하나의 시詩를 좋아했다
시는 숲의 말을 시처럼 이어 갔다
시는 나무를 키우며
눈으로 접으며 펼 수 있는 안락의자를 들였다
그날 이후
나무의 나무는 시를 먹고 숲에 살았다
후드득, 그날 빗소리
비의 나무들이 바람을 헤치며 걸어 나왔다
마른 잎사귀의 눈동자에 이슬이 매달리며
한 번도 걷지 않은 길을 나무들이 걸어가고 있다
파르르 떨리는 시의 무성한 나뭇잎의 나무들
비로소 한껏 뿌리 내리는 나무의 시

가을 산

비 온 뒤
가을 산은 할배처럼
비스듬히 누워 담배를 뻐끔뻐끔 피운다

흰 연기가 산을 오르며
산안개 되어 할미 얼굴처럼 뽀얗다

그날은 생일처럼
아침상이 아주 넉넉했다

뼈의 기록

뼈와 뼈 사이의 결속은
나도 모르게 오래된 내 몸의 알고리즘
내 뼈에 달라붙은 통증은 계약서도 없지요
끄집어낼 수 없는 울음이 뼈의 부채로 남아
경추와 허리뼈에 익사한 채 옆구리로 자꾸 삐져나와요
참 허술한 결속의 내력이죠
자세히 살펴보아도
유효기간은 약병처럼 쓰여 있지 않아요
좀 늦은 감은 있지만
살살 조심히 써야 협착 없이 오래 작동된다고 하죠
골방이 숭숭 빠진 뼈가 삐걱거리며
도수 큰 돋보기를 쓰고
연골 넓어진 신작로를 버겁게 걸어가죠
물 빠진 근육들이 잔주름을 등에 업고
뼈와 뼈들이 서로의 몰골을 진단해 가면서 말이죠
마치 길거리 약장수가 공복의 약속처럼
아픔의 견적은 따로따로 낼 수 없다고 말하죠
흰옷 입은 친절한 기사가
약 냄새 나는 동굴에서 하나뿐인 뼈를 살피고 있어요
이제 투명하게 다 말하는 수밖에 없어요

내 속의 것들은 내 것이 아닐 수 있어서
뼈의 오독은 여기서 멈추려고 해요
오래오래 흔적이 남기는 하겠죠
썩지 않을 결속이 줄지어 몸으로 흘러 들어와
뼈는 비 냄새를 맡기로 했어요

양안치*의 오색병꽃

양안치 재
임도 올라가는 둔덕에
추워도 춥지 않다고 여름 모자 쓰고 있던 꽃

꽃가지에 별 하나 매달고
붉은 목소리로 사랑 노래하던 꽃

어느 젊은 사내의 발꿈치 따라
손잡고 무지개를 훌쩍 건너가던 꽃

한 벌뿐인 살빛 옷 입고
허리춤 작은 귀를 내 눈썹에 올려놓는 꽃

하늘 구름 꽃, 다섯 빛깔
오래오래 수만 송이 더 피울 그 꽃 한 아름

• 양안치 : 원주시 귀래면에 있는 재 이름.

귀에 바람이 쏟아지다

눈을 뜨자
귀에 나뭇잎이 흥건해지고
세상에는 소리 없이 바람이 불었다
처음 맞는 바람이다
씨앗들이 흘러가고 장미가 피고
음악이 한곳에 머물다가
마침내 간격이 큰 버스 종점에 당도했다
귀는 음악을 버리고
낮은 바람 소리에 흔들리다가
뿌리를 세운 나무들로 오월을 만들어 갔다
귀에서 멀어진 바람은 세기가 컸으므로
한동안 오지 않을 것이다
노래가 부족한 귀에 바람을 데려오고
귓속의 잎을 하나씩 떼어 내자
새로운 보름달이 둥글게 뭉치고 있다
도대체 귀와 바람과
우듬지에 앉은 새와는 어떤 관계일까
하루가 조롱박 바가지의 구멍만큼 남았다

입동立冬

짧아진 해를 한나절 베고 누웠다
문턱을 겨우 건너온 햇살을 배부르게 먹고
온기가 송사리처럼 모인 창가에 오침의 행장行裝을 꾸린다
산개한 빛 입자가 정수리에 앉아
아직 살아 있음을 증명이라도 하듯이
나와의 일대일 승부에서 물러서지 않은 빛의 잔 근육들
한철 태양의 기억을 발산하듯 날카로이 쪼아 대고 있다

새 보금자리 찾아 먼 길 온 철새들이
마른 들판을 가로질러 저녁 하늘을 갱신한다
석양은 혀를 길게 꺼내어 땅거미를 핥으며
하루의 피곤들이 굳어진 땅에 싹을 넓게 드리운다
밤사이 삭정이에 앉은 서리꽃이 너의 얼굴처럼 새하얗다
이 가난한 햇살은 해마다 찾아와
왜 텅 빈 바람 소리를 기억하려는 것일까

풍경

시인이
시인을 닮지 못하여
물가에 앉아 마음을 씻는다
씻은 물, 손 그릇에 받쳐 한 모금 마시니
별이 웃고
달님이 노래하며
먼 산이 옆구리에 와 눕는다
또 하나의
다른 풍경이 되었다

말

난 오늘도
보잘것없이 남루한 입으로
미완의 인격을 웅얼대며

소리 없어
소리 옷을 입혀 공중으로 띄운다

굴절과 변형의 메아리를 수시로 접수하고
겸손을 저녁밥 먹듯 흉내 내며

가슴속 팔베개를 곧잘 모방하여
문을 더디게 열고 있다

강변 아리랑
—정선 가수리

일 년 내내
강물을 마시고
절벽에 철쭉을 피우는 마을이 있다
곰취 나물에 감자 먹은 노인이 늙은 소를 모시고
비탈 자갈밭을 오르며 쟁기질하는 마을이다

노인의 꼬질꼬질한 옥양목 바지 자락에도
이른 봄이 아기 눈썹만큼 붙어 있다

소의 말이 봇줄에 매어
세상 소식 접수하려 둥근 코뚜레를 코에 물고
이려 이려, 쩌쩌
워워
소가 배운 엄마 소의 말소리로
워낭 소리 울리는 두어 마지기 비탈밭을 한사코 깨운다

노인보다 일찍 서둔
개나리 가족이 꽃잎을 내고
곤줄박이는 머리카락 숭숭 빠진 청미래덩굴에서 나와
혼자 사는 노인의 점심 밥상에
흙냄새 나는 잣알 몇 개 훌쩍 놓아두고 간다

툭툭

할 말이 없을 때
어깨에서 나는 소리
무릎이 아픔을 건드릴 때
움츠리며 나는 소리
툭툭, 툭

젖은 나무가
가지에게 바람을 읽으라며
물방울 터는 소리
말도 안 되는 말이
서로 돌아서며 부스러지는 소리

내가 나를 뚫어지게 바라보고
어금니를 마주치다 멀어지는 소리
한 생애가 왔다가
돌아서며 내뱉는 가슴뼈 같은 소리
툭툭

암튼 시詩

어느 별에서 쓴 시인지
시는 사부자기 물 흐르듯 유연했고
맛은 어머니의 된장처럼 깊었다

시가 사는 그 집은 종일 햇살이 내리쬐고
구름을 부르면 뭉게구름이 달려오고
가끔 눈이 보고 싶으면 하늘이 흰 눈을 날려 주었다

그의 뜰에는 이름 모를 꽃들이 날마다 올라와
울긋불긋 꽃동산 시가 되고
아름다운 이야기에 명중할 말을 찾지 못하여
아무튼의 뭉툭한 말, 암튼이
내 입에 붙었는지 한참이나 되었다

암튼 난 꽃보다 시를 써야 하는데
아무튼 못생긴 시 하나 가슴에 품어
노랗게 부화할 수 있을까
봄날 뒤에 좋은 봄은 모두 옛말이 되었다

감기

밤새도록 흔들렸다
분명 고장이 난 것이다
뒤란 달빛은 모습을 감추고
어둠이 어딘가에서 음모를 꾸미는 듯
낡은 몸을 점령하고 있다
숨소리가 거친 바람을 닮았고
가슴에 쌓인 먹구름들이 산을 넘지 못하였다
한동안 뜨거움을 삼키고
흔들림의 진폭에 주파수를 맞추어야겠다
며칠은 천장을 보며
또 며칠은 낯선 숨소리를 들으며 몸 수행을 해야
모른 척 슬며시 물러나겠다

소멸

시간을 먹는
시계를 놓고 갔네요
우리는 시간의 수심을 다 모르지요
나무에 묻어 두었던 이야기나
불면의 속눈썹을 다 그리지는 못하잖아요
입술은 가늘게 닫고
말은 길게 할수록 손해라는 걸 늦게 깨달아 가요
예감은 앞날을 붙잡는 지금의 통증이어서
훗날은 아파지고
계단은 점점 높아만 가지요
나무도 한철 무성해지려면 스스로 뿌리를 추스르죠
바람 없이도 흔들리는 건 사람인지라
그건 어찌할 수 없는 일이죠
형형색색 슬픔의 왕관을 쓰고
오래 불린 시간처럼
나는 언제 사라지는 걸까요

밤눈

하얀 소리가
얼마나 깊으면 가슴에 숨어서 오는가요
들키지 않으려 어둠을 송두리째 얻어 쓰기도 하죠
잠 못 이룬 새들이 음계처럼 가지에 앉아
날개 깃털을 하얗게 부풀려 놓았어요
난 허공을 맴돌며 흩어진 이방인처럼 지냈어요

결국 나를 사랑하지 않은 건 나였어요
혹독함을 몰아내고 질타를 배척하며
하늘의 빛을 하늘로 돌리는 일을 밤새 했어요
밤에 하는 나의 주된 일이죠
스스로 좋아서 하는 오래된 습관이기도 해요

세상 사람들이 아침에 일어나
얼굴을 하얗게 씻는 그 모습이 보기에 좋아요
나의 소리 없는 본성이죠
이만하면 나의 임무는 새벽에 끝이 나요

아무도 본 사람이 없고 저 혼자
고요하고 맑고 아름다운 발자국을 새기는 일이라

난 나의 얼굴을 볼 수 없어요
사람들 얼굴을 보면 다 알 수 있는 일이죠
햇살은 좀 천천히 왔으면 좋겠네요
나의 하루의 안녕은 등 뒤에서 시작됩니다

비어 있는 방

방이 있나요
뾰족하지 않고
못 자국 없는 둥근 방이 있나요
날마다 창에 별이 와 말을 건네고
달에는 할 말이 없는
그런 어두운 방이 있나요
방에는 무표정한 침대 하나만 있는
그래서 누워서 천장을 보며
한 이삼일 그림 그리며 생각할 수 있는 곳
주소도 없는 외딴곳
누구도 찾아올 수 없는 곳
파도 소리에 잠을 청하는 바닷가면 더 좋겠어요
신의 그림자 같은 따뜻한 방에서
파도처럼 잊을 수 없는 봄 여름 가을 겨울을
나와 나의 진실한 빛들이 모여 살
달빛 고요히 들어오는 그런 방 없나요
당신의 소식보다 멀리 가고 싶은
그들만이 사는 몸속의 비어 있는 곳
애벌레가 살지 않고 거미가 없는 풍선 같은 방

제4부

조팝꽃 필 때면

과즐에 분단장한 시골 색시
오월에 먹는 흰 좁쌀, 할머니의 고봉밥
어쩌다 바람이 허공에다 기침하는 날이면
그만 슬퍼서 자꾸 눈물 떨구는 어머니의 새하얀 꽃

곁가지에 밥풀때기 한입 물고
보릿고개 넘기시던
아버지의 쟁기질 소리가 울컥 솟구치면
논물 바닥의 개구리는 왜 그리도 크게 우는지

좁쌀 꽃 다시 피고
뻐꾸기는 어제처럼 속눈썹 세도록 하얗게 울고
나는 두 분이 사시는 둔덕에 올라와
정다운 연리지, 고봉밥 봉분 곁에 누웠다
밥풀이 하늘에 첫눈처럼 닿아 있다

시작법詩作法의 갈래

1. 우선 단순하고 고요하게 살기

2. 별 상관없는 말에 깊이 우물 파기

3. 남이 쓴 밭에서 흘린 씨앗 하나 줍기

4. 곰곰이 생각하다 지쳐 그만 모두 지우기

4-1. 다시 들추어 여름 태양처럼 뜨겁게 하기

.

5. 반성하고 연애하고 오랫동안 회상하기

6. 가격 폭락, 풍성한 배추밭 다 갈아엎기

7. 놀다가 자다가 밥은 꼭 챙겨 먹기

7-1. 커피 맛이 쓰다가 가끔은 달기도

8. 혼자 중얼거리다 옆 사람 뒷모습 보기

.

9. 평범한 것들을 이상한 눈으로 오래 바라보기

10. 하찮은 것들에게 대단한 애정 날리기

10-1. 거울 보고 아주 많이 잘생겼다고 혼자 떠들고 웃기

11. 결론 없이 눈밭에 발자국을 흩트려 놓기

12. 길이 자주 막혀 변비 든 사람처럼 끙끙대기

.

13. 묵은 자기 시를 읽다가 자꾸만 나오는 웃음

14. 남이 쓴 시에 밑줄 긋고 현미경으로 분석하기

15. 시밥은 잘 짓지 못하고 현미밥은 잘 짓는 사람 되기

16. 지워진 기억을 찾아 머릿속 빈 앨범 꺼내기

17. 뉴턴의 만유인력의 법칙을 시에 대입하기

                         .

18. 상처 난 부위에 소독약을 듬뿍 발라 주기

18-1. 다 쓰고 후회하며 그냥 살기

19. 나머지는 읽으시는 분의 여러 가지 생각, 분분

좋은 말

아끼고
여러 번 생각하고 조용히 꺼내세요
크게 외치면 당신이 오해할 수 있어요
공중으로 흩어지니 조심해야 해요
늘 가슴에 고이 담았다가
묵은지처럼 맛깔스레 꺼내셔야 해요

자세는 낮추고
필요하면 무릎도 구부려 기꺼이 양보하세요
한번 튀쳐나갔다 들어오기는 참 어렵지요
버릇이 되면 힘들지 않아요
입술에서 반짝반짝 꽃 향이 피어나죠
입에 하얀 옷을 입은 지금
최적의 시간이지요

눈으로 깊이 있는 말을 사람들에게 비추세요
러시아의 침략 같은 섬뜩한 말은 태어나지 않죠
꽃 순 품은 말이 향기롭게 멀리 가요
세상은 아침저녁으로
사랑의 말들이 꽃봉오리처럼 부풀어 오르죠
이제 당신으로부터 시작해요

식빵의 테두리

밀가루 반죽이 축구공이 되기까지
걸어온 세계는 피카소의 그림 같을 것이다
물을 만나 둥글게 몸이 되기까지
부풀어 몽롱해지는 것들이
가루를 짓이겨 지붕을 만들고 뽀송한 살갗을 얻었을 때
밀알은 가시 수염의 뾰족함을 잊고
오로지 반성의 열탕에서 외로이 불타
들판의 형태를 갖추는 밀 짚단의 결과물이 될 것이다

연약한 것들이 냄새를 버리고
몸속에 들어와 씨앗의 가루가 되고
뼈의 기둥이 될 동안
식빵은 밀의 일대기를 기억할 수 있을까
물렁하고 둥글게
몽롱하게 부풀어 사는 것이 테두리의 목록이 된다면
내가 사는 들판에 대한 믿음이
땅에 심은 밀알 하나쯤은 족히 되겠다

가을비

비가 온다 이거지
가을비가 온다 이거지

낙엽들이 젖는다 이거지
젖은 것은 낙엽이 다가 아니야
젖은 가슴들이 온통 비를 맞고 있다 이거지

불쑥 온 그날이다 이거지

풍경 속으로

멀리 있다는 생각은 말자
얼마나 오랫동안 기다려 왔던가
글 한 줄 찾아
행성을 떠돌던 지나간 날을 생각하면
지금은 얼마나 행복에 겨운가
말라 버린 갈대에도
봄이 되면 파란 잎을 내듯이
우리 한겨울에도 무성히 푸른 잎을 내자
달라진 내 안의 풍경이
모든 사람에게도 전이轉移될 수 있도록
마음의 풍경은
바람 부는 곳, 비어 있는 곳으로 한껏 모아 두자

어두운 방 모서리

어쩌다 바늘이 돋아나는

저녁이 되면 입 안에 별이 뜨고

더운 피가 자주 흘렀다

이유 없이 찔린 자리마다 흔적이 고이고

방은 어둠이 쌓여

가는 곳마다 넘기 어려운 언덕이 되었다

일으켜 세우는 말이 상처 나 헐었고

생각은 모서리에 걸려 잘 흐르지 못했다

각진 구석마다 아픔이 살며

결핍을 메우기 위해 무릎이며 팔꿈치를 줄이던 시간

점막 피가 스스로 멈춤을 알아 갈 무렵

얼룩진 상처에 껍질이 덧씌워지고

가장 아름다운 달무리가 밤과 낮을 교차해 갔다

두려움에 날개를 접고

깃털에 닿았던 형상들이

묵직한 파문이 되어 해진 입 안에 고루 퍼졌다

이 방에서 모든 것이 너무 어두웠다

깨어진 별이 표정을 감추고

모서리가 깊어지기를 오랫동안 기다렸다

눈동자

달 속에 시냇물이 흘러요
중심에는 샛별이 떠 빛을 내고요
반짝임을 먹고 자라는 나무도 몇 그루 서 있어요

아무것도 걸치지 않은 투명 수정체
마르지 않은 우물이 숨을 쉬며
생명이 무성히 자라서 절기마다 눈이 부시죠

거긴 밤이 와도 평화에 엎드린 고요만이 존재해요
오래전 알았던 곳처럼 낯설지 않아요

가슴에 힘을 조금 빼고
휘파람 소리에 보름달이 뜨면
조심조심 천천히 걸어서 둥근 방에 들어갈래요

1225

초저녁
일찍 든 잠이
새벽잠을 얇게 엎지른다
빛으로 오신 아기 예수님이
빛의 소식을 분명 전하실 것이다
모두의 축복이다

이즈음에
한 해를 마감하는 종착역이 보인다
우리는 역에 내렸다가
다시 새 기차에 올라야 한다
어떨 때는 지구보다
기차의 속도가 무섭게 빠르다

수족관 가자미

모든 걸 포기하고
수족관 바닥에 엎드렸다
세상보다 넓은 세상이 바닥이 되어
오히려 편하기도 했다
맹렬히 바닥이 되기로 맹세했다

바닥의 바닥에는
리어카 끄는 소리
목쉰 사내의 뜨거운 땀방울 소리
비린내 나는 신발의 축축한 습기 소리
생비늘 벗겨서 퍼렇게 멍든 소리에

빙하의 바닥들이
거꾸로 넘어지는 하루를 살아 내며
저녁이면 삼켰던 찌꺼기를 울컥울컥 쏟는다
수족관 주인의 뾰족한 발 냄새가
날마다 바닥을 끌어올리고 있다
난 아직 살아 있다

그림자 풍경

세 끼의 밥보다
한 끼의 풍경이 먹고 싶다
풍경에도 접시가 있다면
소박하게 담아내어 달콤하게 나누고 싶다
어떤 때는 풍경도 신화처럼 유적이 된다

바람에게 구름을 한동안 심었다면
내 머리카락은 모두 산을 넘어
붉은 심장 하나쯤은 바늘에 꿰매어
풍경의 하늘로 올라갔을 것이다

다음 페이지 행간에는
지금의 흔적들이 고스란히 남아서
별보다 깊이 고요에 들어가
차오르는 일기장의 배경이 되겠다
거기 그림처럼 살아 있어 거듭 고맙다

꿈에

기억조차 할 수 없어
밤새 꿈속을 돌아다녔어요
그림자의 깊이를 모른 채 망망 바다에 속한
어느 외딴곳 가장자리의 숲을 걸었지요
자욱한 구름 사이로 나무가 살았고
나무는 손을 내밀어 구름에 닿았어요
꿈은 어느 잠재된 의식 속에
빈 그릇에 담겨 넘칠 수 없는 영혼의 껍질인가요
이제 구름이 몰려와도 비가 되지 않음을 잊기로 해요
처음부터 침묵이 시간을 지워 가며
나뭇잎이 머뭇거리는 지점에 당도했어요
바람에 흩날리는 뒤엉킨 가시들이 보이질 않네요
현실은 어려운 것이지만 꿈에서는 그러지 않기로 해요
무릎을 가지런히 구부리고
손을 맞대어도 기도가 아니 되듯
내 이름을 불렀던 물새 발자국을 기억하며
세상에서 가장 오래된 상형문자로 되돌리고 싶어요
하얀 물거품으로 쓴 흔적의 자리가 순간이었다고

새벽 눈

눈 오는 새벽녘
눈의 귓속말을 들으려
창문을 조금씩 열었습니다

순간 창틈에 하얀 말들이 몰려와
나는 입을 다물고
귀만 쫑긋 세웠습니다
세상에서 가장 순박한 말이
새벽에 찾아옵니다

눈이 휘날릴 때
말의 풍경이 내 방 문을 열기 위하여
자꾸만 문을 두드립니다
세상에 하나뿐인 풍경이 눈처럼
하얗게 들어옵니다

유성체의 궤적

모서리 길을 기억하자
눈동자보다 발이 커지던 한 시대에
무수히 별똥별이 쏟아져 밤을 발광시키고
소멸하며 죽어 가는 혈관들이 행성으로 떨어졌다

멍은 안으로 흘러들어
스스로 위독한 가지를 매달고 항해하는 배가 되었다
외로움과 울창이 사는 숲에서
괴이하게 생긴 작은 짐승이 되어
분별없이 숲의 정렬을 휘저어도 좋았을 것이다

덤불과 덩굴이 사는 세계에
상처 입은 뼈의 근원은 지우지 못한 채
녹슨 금속의 냄새로 손바닥이 무성해져 갔다
궤도에 이른 사랑의 염원이 껍질을 삼키고 배회하듯
운명의 신비는 등에 붙어 진창을 헤맨다

오늘 밤, 근거 없이 별 하나 떨어진다
조급하듯 붉은 선을 그으며 지상에 돌아온다
우울과 근심에 젖어서 타는 듯한 모습에
별일 아닌 별일이 되어 표표한 삶의 궤적을 그리고
부끄러이 고개 숙이며 다가서고 있다

치자꽃 열두 송이

작년에 꽃을 내지 못한 치자나무
거실 모퉁이에 자리하고 그저 침묵이다
올해도 끝내 꽃 없는 빈 나무라면
날이 풀리는 이른 봄에 화단에 내놓으리라
얼굴 찌푸리며 엄포를 놓았다
버썩 마른 잎에다 몰골이 나를 닮아
꽃은커녕 제 몸 간수도 어렵더라
꽃 없는 죄로 아내의 외면도 늘어 가는 나날
부부는 시시때때로 벤자민 잎만 빛나게 닦는다
치자가 어느 날 보란 듯이 몸을 부풀려 꽃봉오리를 품었다
며칠 건너 통통하게 몸단장한 신부처럼
하얀 단향을 입에 가득 물고
사뿐히 걸어 들어온 열두 송이 꽃잎들
귀하신 몸 되어 구석에서 거실 중앙으로 이사를 했다
열두 송이 다음에 내게 무슨 꽃이 피겠지
누군가 빛의 자리로 온 듯하다

겨울 산

멀리서 보면
숭숭 까까머리 동자승이 눈길을 오른다
나침반 없이도 어디서
어디로 가야 하는지 확실히 알려 준다
능선과 능선을 이어 가는 굽은 이야기나
헐거워진 산모롱이마다
계절을 건너온 상처의 완성들이
어디에서 마감해야 하는지 정히 알려 준다
겨울 산에 들면
비움과 채움에 홀렸던 시력이 바닥처럼 닦아지며
어제와 내일의 길이 새로이 열리듯
전혀 무겁지 않은 오늘이
잘못 여민 옷 단추를 하나씩 풀고 들어와
안 보이던 내 안의 풍경을 따뜻이 마련해 준다
여름 산의 다른 이름이 낯설지 않다

절문근사切問近思*

시작이 있으면
끝이 있다고 묻는다
앞서 달리는 시간이 무릎보다 빠르다
은색 동전같이 적은 시간이라도 아껴 쓰자
발길 닿는 대로
눈길 머무는 곳으로
마음 내키는 허름한 소매 옷의 백수로 살자
하루 세 끼 못 먹으면 어떠랴
물 한 사발의 청량함이면 족하리
무슨 욕심이 있어 자꾸 채우려 드는가
비우자
또 비워 내자
그러면 가벼워서 내일의 틈이 보일 것이다
형제 구름 아래
푸른 마음으로 산책하며
휘어진 지팡이가 깊은 다리가 되어
즐겨 휘파람 불며
새소리 들으며 한적히 졸다가
시냇가 나무 곁에서 시나 한 수 짓자
무슨 사랑이

그리도 의문이 주렁주렁 달리겠는가

* 절문근사: 논어 자장 제십구(절실히 물어보고 가까운 것을 깊이 생각
하라).

나만의 슈필라움

오래전 한 번은
앓아누운 적 있던 병이다
의학적으로 고칠 수 없는 병이라는 걸 알고부터
글 짓는 일이 유일한 약이 되었던 것도
나만의 처방이었다

세상 그 어떤 명성가도
생의 아쉬움이 못내 절반이라고 함은
발끝에 당겨지는 완성되지 못한 저녁이던가
깨진 유리알이 수북이 쌓였다
장막에 가려진 흐린 곡선들 때문이라 하겠다

늦지는 않았으나
지금보다 더 빨랐어도 달라질 건 없다
돌아서면 등이 보이는 그림자들뿐이더라
고유한 그의 삶이 자리를 빛내듯
은근함을 능가하기란 하루아침에 오지 않는다

작은 아궁이에 불을 지핀다고 하여
옷자락을 태울 필요는 없다

어디에 있든 나를 잘 읽어 내는 것들과
손때 묻혀 살면, 맛 들여 사는 일
삶을 짓는 날까지 푸릇푸릇 일어서면 어떠할까?

적요寂寥

산을 건너온 불빛이
마른 몸을 적시고 있다
아무것에도 익숙하지 않은 날들이
시작하고 다시 돌아오며 나를 헐게 했다
한참이나 흔들리다 만들어진 풍경은
물새 발자국 따라 강 언저리에 무성해졌다
하루를 꺼내고 다시 접히는 시간
노을을 등지고 잠시 동안
다음 생生을 헤아려 보는 허공의 주름들이
길 위 어느 곳에 둘지 몰라
서성이다 눈빛으로 돌아오는 저녁
줄기 끝에 매달린 나뭇잎 사이로
노을이 만난 슬픔을 하나씩 꺼내어 물고 있다
소리 없이 떠난 새의 흔적 따라
잠든 뒤에 오는 별들이 침묵보다 많았다

겨울 어느 밤의 정류장

누군가는 추위에도
뜨거운 말을 했을 법한 정류장이다
시간에 순종한 막차는 떠나고
기다림이 끊어진 거리에
빈사의 가로수가 밤을 지키고 있다

몇 번이고 다짐하며
바람 같은 말을 바람에게 다시 전하며
나의 시보다 더 깊은 밤에게
그 사유를 알려 주어도 잘못된 건 없다

입에 올리는 혁명사를 주절거리며
그 머나먼 곳에 한 시절 기꺼이 머문다면
역사처럼 단단한 시 한 편 싹틔울 수 있을까
고집스레 한 페이지 생각하다가
밤새 눈 속을 질척이며 걷던 시간이었다

닫힌 문 뒤에

문 뒤에 누가 있는지
멀어진 발끝처럼 궁금하지 않았다
문과 그와의 사이에 수모들이 마른 논쟁을 이으며
진한 혈흔이 보이고
한편으로 딱딱한 껍질을 쓴 채
미완으로 남거나 낙서처럼 지워지기도 하지만
닫힌 문구멍에 그 힘이 쏠려 있어
문은 사람이 더는 열고 나갈 기력이 없어 보인다
저마다의 열쇠로
함몰하는 사각의 방을 깨우고 일으켜 세워
흐릿해진 욕망이 겹겹의 미로를 거치게 될 때
성벽의 오랜 풍화의 전설은 무너진 후에 알게 된다
문과 그와의 사이에 퇴화된 줄기는
가장 어두운 햇빛이 배후에서 굽어 비출 때
구겨진 손을 입에 물고 문의 울음을 곰곰이 생각했다
다급한 노크 소리가 매우 어두웠다

'다른 풍경'을 상상해 가는 역동적 서정

—김유진의 시 세계

유성호(문학평론가, 한양대학교 국문과 교수)

1. 회감回感의 깊이와 개진開陳의 너비

　김유진의 새로운 시집 『다음 페이지에』(천년의시작, 2022)는 때로 생동하는 에너지를 통해 삶의 비밀을 토로하면서, 때로 밀려오는 그리움으로 시간의 깊이를 형상화하고 있는 아름다운 언어적 풍경첩이다. 시집 안에서 환하게 터 오는 신생의 이미지군群은 이번 시집을 역동적인 삶의 보고寶庫로 만들어 주고 있고, 세상살이의 고독에서 추출한 근원적 따뜻함은 우리로 하여금 서정시의 여러 역할에 대해 생각하게끔 해주고 있다. 그렇게 김유진의 이번 시집은 오랜 시간을 되돌아보는 회감回感의 깊이와 새로운 시간을 구축해 가는 개진開陳의 너비를 이채롭게 결속한 세계라 할 것이다. 서정시는 기본적으로 시인 스스로를 탐구하고 성찰하는 속성이 강한 예술인데, 김유진의 시는 그러한 자기 탐구의 의지를 근원적 창작 동기로 삼으면서도 특유의 서정적 충격과 타자 지향의 감동을 그려 가고 있다.

나아가 김유진 시인은 이러한 자기 확인의 절실함 외에도 세계의 근본 이치를 탐구하고 해석해 가는 인지적 충동의 순간도 적극 보여 준다. 그러한 점에서 그의 시는 그만의 은은한 질감과 중층적 예기銳氣 그리고 역동적 서정을 함께 품고 있다고 할 수 있을 것이다. 그만큼 김유진의 시는 단순한 도취적 몽환이나 회상을 넘어 내면과 외계를 이어 주는 고유한 서정시의 기능을 완결성 있게 구축해 간다. 아닌 게 아니라 김유진 시인은 자신의 고유한 경험으로부터 시를 생성하면서도 근원적인 세계와 소통하는 '다른 풍경'을 상상하는 서정을 내포함으로써 우리로 하여금 주체와 세계가 형성하는 접점을 풍요롭게 경험하게끔 해 주고 있다. 시인의 이러한 지향과 성취를 통해 많은 이들이 감동의 시간을 가지게 되기를 희원해 본다.

2. 현실과 꿈의 접점으로서의 '풍경의 시학'

이번 김유진의 시집을 가득 채우고 있는 세계는, 현실과 꿈의 접점으로서의 '풍경의 시학'이라고 명명할 수 있을 만한 것이다. 물론 그 풍경은 사물들의 물리적 속성 이면에 만만찮게 축적된 시간의 깊이를 거느리고 있다. 이때 시간은 모두에게 공평하게 주어진 객관적인 것이 아니라 시인의 내면에서 지속되어 온 어떤 주관적인 경험의 흐름을 함축한다. 사람들은 저마다의 시간을 가지고 있으며 그것은 주체의 실존적 정황에 따라 끊임없이 현재로 넘나드는 속성을 지닌다. 이처럼 김유진은 자기 실현을 끊임없이 유예시키면서도 자신 안에 수많은 흔적을 새겨 가는 어떤 파문으로서의 풍경을 깊이 안아 들이고 있다. 그래서 그의 시는 경험적 주체와 미학적 주체가 통합된 발화를 통해 자기 인식에 이르는 고전적 과정을 밟아 간다고 할 수 있을 것이다. 다음 시편을 먼저 읽어 보도록 하자.

> 시인이
> 시인을 닮지 못하여
> 물가에 앉아 마음을 씻는다
> 씻은 물, 손 그릇에 받쳐 한 모금 마시니
> 별이 웃고
> 달님이 노래하며
> 먼 산이 옆구리에 와 눕는다
> 또 하나의
> 다른 풍경이 되었다
>
> ─「풍경」 전문

이 작품의 제목이자 키워드인 '풍경'은 그 자체로 사물들의 물리적 외관을 뜻하지 않는다. 여기서 시인을 닮지 못했다고 고백하는 '시인'은 말의 궁극적 사제司祭로 다가오고, 물가에서 마음을 씻는 '시인'은 개별적이고 실존적인 시인 자신을 함의한다. 따라서 이때의 '마음'은 '시심詩心'이라는 일차적 의미망을 넘어 존재론적 차원을 지향하게 된다. 시인은 마음을 씻은 물을 '손 그릇'에 받아 마심으로써 별과 달과 산의 웃음과 노래와 움직임을 마음속으로 받아들인다. 그때 어김없이 "또 하나의/ 다른 풍경"이 태어난다. 시인은 다른 작품에서 "어떤 때는 풍경도 신화처럼 유적"(「그림자 풍경」)이 된다고 노래했는데, 이처럼 시인의 마음에는 시간의 깊이와 우주의 너비를 모두 간직한 새로운 풍경이 끊임없이 태어나고 있다 할 것이다. 그렇게 시인은 '다른 풍경'을 거치면서 본원적인 '시인'을 천천히 닮아 간다. 다음은 또 어떠한가.

눈 오는 새벽녘
눈의 귓속말을 들으려
창문을 조금씩 열었습니다

순간 창틈에 하얀 말들이 몰려와
나는 입을 다물고
귀만 쫑긋 세웠습니다
세상에서 가장 순박한 말이
새벽에 찾아옵니다

눈이 휘날릴 때
말의 풍경이 내 방 문을 열기 위하여
자꾸만 문을 두드립니다

세상에 하나뿐인 풍경이 눈처럼

하얗게 들어옵니다

—「새벽 눈」 전문

이 작품에도 "세상에 하나뿐인 풍경"이 펼쳐진다. 그 풍경의 주인공은 "새벽 눈"이다. 시인은 눈 내리는 새벽녘에 창문을 열고 "눈의 귓속말"을 오래도록 듣는다. 창틈으로 몰려온 "하얀 말들"은 아마도 시인이 마음속에서 듣는 가장 신성한 언어일 것이다. 또한 시인은 자신의 언어를 유예한 채 그네들의 말을 온몸으로 듣는다. 그렇게 쫑긋 세운 '귀'는 "세상에서 가장 순박한 말"에 대한 그 나름의 예우였을 것이다. 새벽에 찾아온 눈은 그렇게 "말의 풍경"이 되어 문을 두드린다. 그것은 또한 "심장과 가장 가까웠던 말"(「바다 옆 수족관」)로 찾아와 "세상에 하나뿐인 풍경"을 시인의 내면에 하얗게 가득 채워준다. 그러니 김유진 시인이 "말의 풍경"을 발견한 그 순간이야말로 "글 한 줄 찾아/ 행성을 떠돌던"(「풍경 속으로」) 시간을 충일하게 견지하고 있는 셈이 아니겠는가.

이처럼 김유진의 시는 현실과 꿈 사이에서 모티프를 얻고 언어적으로 완성되어 간다. 그의 시가 그리는 풍경은 현실이나 꿈 어느 한쪽으로 치우치지 않고, 내면의 사유와 사물의 감각을 동시에 담아낸다. 그리고 현실에 발을 담그면서도 그것을 안을 수 있는 꿈의 언어를 마련하여 현실과 꿈의 상상적 접점을 노래해 간다. 그 꿈이 현실 곳곳에 퍼진 폐허의 기운을 치유하고 새로운 상상력을 추구하게끔 해 주는 '시인'으로

서의 풍경이 되어 준 것이다. 결국 김유진의 시는 현실과 꿈의 정밀한 접점을 통해, 우주적으로 확장해 가는 예민한 상상력을 통해, 그리고 무엇보다 자신을 가능하게 해 준 수많은 존재 전환의 순간을 통해, 새로운 세계로 거듭난다. 현실과 꿈을 오가면서 열정적으로 진행되는 역동성이 김유진의 '다른 풍경'을 구성하고 있는 것이다.

3. '시' 혹은 '예술'을 통한 자기 탐구의 흐름

다음으로 김유진 시인은 '시詩' 혹은 '예술'을 향한 자의식을 수없이 시집 안에 풀어놓는다. 그는 시에 대한 철저한 자의식 아래 그에 상응하는 '쓰기'의 은유를 빌려 가는 궤적을 보여 준다. 삶의 보편성을 환기하는 장치를 마련한 후 거기에 시인으로서의 내면을 투영하는 과정을 부가해 간다. 물론 이러한 과정이 일종의 자기도취로 흘러가는 것은 결코 아니다. 오히려 김유진 시인은 구체적 상황을 핵심적 질료로 하면서도 그 안에 스스로를 가두지 않고 '쓰기'의 끝없는 과정을 통해 시인으로서의 정체성을 사유해 갈 뿐이다. "단 하나의 모음으로/ 시詩를 짓고"(「바다의 시」) 있는 그러한 실존적 자기 탐구 과정이 묵중한 진정성으로 남는다.

국수 뽑듯 첫 줄은 이어 가지 못했다
흐트러진 눈썹에

구부러진 등뼈와 부실한 다리
꾸미다 삭지 못한 변명이 전부였다
첫 줄은 노을에 다 모인다
노랗고 푸르고 서러운 붉음이 자라난 곳에
내 못난 첫 줄의 여울물 소리며
구름이 절벽을 넘으며 발하는 숨소리며
나무의 무지개 같은 색색 표정이며
조화로운 햇살의 미소들까지
서름한 첫 줄에 달아난 시어詩語가 얼마나 될까
하늘보다 무거워하던
나의 첫 줄은 오랫동안 한곳에 머물러 흘려보내지 못했다
　　　　　　　　　　　　　　　　—「첫 줄」 전문

시인으로서 살아가는 고충과 보람이 '첫 줄'에 담긴다. 물
론 그 '첫 줄'은 시의 첫 행을 의미하지 않는다. 어쩌면 그것
은 시작의 말이기도 하지만 궁극의 말이기도 할 것이다. 국
수 뽑듯 술술 나오지 않는 그 '첫 줄'의 어려움은 "흐트러진 눈
썹"과 "구부러진 등뼈" "부실한 다리"로 함축되는 삶의 난경難
境을 그대로 반영하고 있다. 그러니 시인으로서는 자신이 이
어 가지 못한 "첫 줄"을 두고 "꾸미다 삭지 못한 변명"이라고
토로할 수밖에 없었을 것이다. 그렇게 노랗고 푸르고 서러운
붉음이 자라난 곳에 드리워진 "못난 첫 줄"은 여울물 소리,
구름의 숨소리, 나무의 낱낱 표정도 모두 담아내고 있다. 조
화로운 햇살의 미소까지 마침내 "첫 줄에 달아난 시어詩語"
에 머물러 있었을 것이다. 한때 하늘보다 무겁던 그 '첫 줄'을

흘려보내지 못한 '시인 김유진'의 오래고도 고되고 아름다운 '시 쓰기'의 자화상이 이처럼 돌올하게 다가온다. 그렇게 그가 노래하는 '첫 줄'은 때로 "역사처럼 단단한 시 한 편 싹 틱 울 수 있을"(「겨울 어느 밤의 정류장」) 출발이 되기도 하고, 때로 "세상에서 가장 오래된 상형문자"(「꿈에」)로 써 간 자신의 고백으로 몸을 바꾸기도 한다.

우리 만난 적 없지요
단 한 번이라도 만난 적 없지요
별이 빛나는 밤에
별이 붓 끝에 매달려 밤새 따라왔지요
그 밤 당신은 행복에 겨워
빛으로 저녁 식사를 너끈히 했으니까요
붓은 빛을 따라 선을 그어 무척이나 햇빛을 닮았어요
그래서 아주 뜨겁고 강렬해요
우리 본 적 없지만
슬픈 귀 이야기는 생략하기로 해요
테오가 간곡히 부탁한 말이기도 해요
지나간 이야기는 다 잊고
열정의 붓을 다시 잡아요
거기는 구름이랑 햇빛이랑 꽃이랑 별빛이랑
마음껏 갖다 쓰세요
당신 붓 끝에서는 향기가 나요
아몬드나무의 꽃은 참 곱고 희군요
당신의 그림 속에 나의 눈동자가 푸르게 자라났어요

고흐 씨

—「고흐 씨」 전문

이번에 시인은 '고흐'를 호명한다. 빈센트 반 고흐는 네덜란드 화가로서 현대 미술사의 표현주의 흐름에 강한 영향을 미친 위대한 예술가이다. 불과 10년 동안 강렬한 색채, 거친 터치, 뚜렷한 윤곽을 지닌 수많은 작품을 탄생시킨 그는 특별히 〈별이 빛나는 밤(The Starry Night)〉이라는 최대 걸작을 남겼는데 시인은 그 작품을 여기 소환하고 있다. 별이 빛나는 밤에 그 '별'이 붓 끝에 매달려 밤새 따라온 기억은 '고흐의 붓'과 '김유진의 붓'을 만나게 하는 일대 사건이었다. 빛을 따라온 붓이 선을 그어 태양을 닮은 뜨겁고 강렬한 형상을 창조한 고흐와 함께 김유진 시인은 스스로 "열정의 붓"을 잡는다. 구름과 햇빛과 꽃과 별빛과 더불어 향기를 뿜는 "당신 붓 끝"과 "나의 눈동자"는 그렇게 한 몸으로 거듭나 "어둠에서 빛 하나 들여오는 깊이"(「푸른 나뭇잎의 계절」)를 완성해 간다. 이렇게 남다른 예술적 자의식을 통해 김유진 시인은 자신의 고독과 어려움, 그리고 시인으로서의 치열한 사유 과정을 동시에 토로하고 있다. 그 결과는 우리에게 "누군가 빛의 자리로 온 듯"(「치자 꽃 열두 송이」)한 상상의 과정을 통해 '시인 김유진'을 아름답게 기억하게끔 해 줄 것이다.

이렇게 우리는 시 혹은 예술에 대한 김유진의 잠언箴言과 자의식을 내밀하게 만나게 된다. 시인은 이러한 메타적 발화를 통해 자신의 시 쓰기 과정을 성찰하고 고백하고 다짐해 간다. 물론 이러한 미학은 자신만의 외로된 서사와 정서를 들여놓음으로써 가능한 결과였을 것이다. 그의 시를 읽는 이들은 그 안에 자신의 경험과 기억을 이입하여 행간에 숨은 것을 재구성해 가게 되는데, 그 점에서 그의 시는 의미를 설명하지 않고 의미를 함축하는 쪽에 서 있다고 할 수 있을 것이다. 세계 내적 존재로서 필연적으로 견지하는 삶의 마디를 세세하게 언어화하지 않고 김유진은 비유와 상징의 장치를 통해 독자들의 상상적 참여 기능을 강화시키고 있다. 그만큼 그 스스로에게 '시'란 "나의 미완의 문장들"(『조립의 시간』)이었겠지만, 누군가에게는 개성적인 예술적 틀이자 언어적 현장이 되어 준 것이다. 이 모든 것이 시 혹은 예술을 통한 자기 탐구의 흐름이 아름답게 번져 가는 과정을 들려주고 있는 셈이다.

4. 기억과 상상 속으로 거슬러 오르는 존재론적 기원起源

그런가 하면 김유진 시인은 자신의 먼 기억 속에 있는 존재론적 기원(origin)을 찾아 나서는 품을 보여 준다. 그때 우리는 낭만적 원형(archetype)을 추구하려는 시인의 의지를 만날 수 있다. 가령 시인은 우리가 현실에서는 만날 수 없는 순수 세계를 갈망한다. 아니 그 세계를 온몸의 직접성으로 겪었던 시간을 충일하게 기억해 낸다. 이때의 기억은 어떤 동일성에 대한 사유와 믿음에 의해 구축되는 언어의 원리일 것이다. 시인은 사물이나 현상을 해석해 가는 과정에서 사물 이면에 존

재하는 오랜 시간의 파동을 세밀하게 포착하여 그것을 순간
적 기억으로 복원해 내고 있는데, 그가 그러한 회귀적 언어
를 풀어놓는 공간은 감각적 현존들이 제각각 빛을 뿌리던 원
초적 세계이다. 이 점, 다시 한번 김유진의 근원적 세계에 대
한 심미적 열망을 보여 주기에 충분한 사례가 아닐까 한다.

일 년 내내
강물을 마시고
절벽에 철쭉을 피우는 마을이 있다
곰취 나물에 감자 먹은 노인이 늙은 소를 모시고
비탈 자갈밭을 오르며 쟁기질하는 마을이다

노인의 꼬질꼬질한 옥양목 바지 자락에도
이른 봄이 아기 눈썹만큼 붙어 있다

소의 말이 봇줄에 매어
세상 소식 접수하려 둥근 코뚜레를 코에 물고
이려 이려, 쩌쩌
워워
소가 배운 엄마 소의 말소리로
워낭 소리 울리는 두어 마지기 비탈밭을 한사코 깨운다

노인보다 일찍 서둔
개나리 가족이 꽃잎을 내고
곤줄박이는 머리카락 숭숭 빠진 청미래덩굴에서 나와

혼자 사는 노인의 점심 밥상에

흙냄새 나는 잣알 몇 개 훌쩍 놓아두고 간다

　　　　　　　　　　　　　　　　　　—「강변 아리랑」 전문

　정선 가수리에서 부르는 '강변 아리랑'은 시인의 뇌리에 남
아 있는 가장 오래고도 원형적인 풍경을 담아내고 있다. 그
곳은 언제나 절벽에 철쭉을 피워 내는, 시간이 멈춘 듯한 마
을이다. 한 해 내내 변하지 않는 그 정태적 풍경에 가닿는 시
인의 필치는 마치 사진작가의 밝은 시선과 닮았다. 그 시선으
로는 "곰취 나물에 감자 먹은 노인"과 그 노인이 모시는 "늙은
소", 그리고 그들의 노동 현장인 "비탈 자갈밭"이 들어온다.
쟁기질하는 노인의 바지 자락에 "아기 눈썹만큼" 부착된 조
춘早春의 향기는 참으로 가난하고 따뜻하고 정겹기만 하다.
그리고 김유진 시인의 예민한 귀는 "소의 말이 봇줄에 매어/
세상 소식 접수하려" 하는 것과 "소가 배운 엄마 소의 말소리"
를 듣고 있는데, 바로 그때 그 고요하기만 한 마을도 "워낭 소
리 울리는 두어 마지기 비탈밭"이 한사코 깨어나는 순간을 맞
게 된다. 개나리가 꽃잎을 내고 곤줄박이가 노인의 밥상에 흙
냄새 나는 잣알 몇 개 놓아두고 가는 이러한 외딴 풍경의 고
즈넉한 순간이야말로 쓸쓸하지만 아름다운 존재론적 원형을
우리에게 한껏 보여 주고 있지 않는가. "주소도 없는 외딴곳/
누구도 찾아올 수 없는 곳"(「비어 있는 방」)을 셔터로 담아내는
'사진작가 김유진'으로서의 풍모가 이 작품에서 훤칠하게 얼
비치고 있다. 그렇게 '시인 김유진'은 "나의 울음이 마르는 한

시절로 돌아가"('2월의 나이테」)서 "고요가 그리는 세상의 저무
는 해를 보며"('늦가을 도심에서」) 그것을 자신만의 미학적 프레
임 안으로 들여놓는다. 아름답고 애잔하고 융융한 그림이다.

부딪칠 것 없이 내 집이다
깃털의 가벼움으로 중력을 이길 수 있는 곳
죽으면 한 번은 거쳐서 가야 하는 모퉁이 길
바람이 살며 가끔은 구름이 우는 곳
누우면 깜깜하여 생각이 잘 보이지 않는 곳
저 혼자서 잘도 춤을 추며
몸 없는 것들이 몸을 만들어 사랑의 불빛을 모으는 곳
나 여기서 흰나비 되어 죽도록 춤을 추다
늙은 보리수 아래 부좌 틀고 적막의 친구가 되어 본다면
내 몸에 마르지 않은 물기가 흩어질까
일생 다다를 수 없는 곳, 북벽은 멀리 있고
보이지 않는 저기까지 영영 먼
또 하나의 지푸라기 빈집 같은 허虛

―「공중」전문

시인은 그 원형의 공간을 '공중空中'으로 확산하고 있다.
그곳이야말로 "부딪칠 것 없이 내 집"이기 때문이다. 공중은
"깃털의 가벼움으로 중력을 이길 수 있는 곳"이며 죽으면 반
드시 거쳐 가야 하는 무거운 "모퉁이 길"이다. 이 '가벼움/무
거움'의 동시성이 공중 속으로 서서히 퍼져 간다. 나아가 공
중은 몸 없는 것들이 몸을 만들어 "사랑의 불빛을 모으는 곳"

이기도 하다. 시인은 이 어둑하고 자유로운 곳에서 "흰나비"가 되어 춤을 추다가 보리수 아래서 "적막의 친구"가 되리라 생각해 본다. 그때 아마도 "일생 다다를 수 없는 곳"에서 "영영 먼/ 또 하나의 지푸라기 빈집 같은 허虛"를 만나게 될 것이다. 그러니까 공중은 존재의 기원이자 궁극이며, 편재遍在이자 부재이고, 살아 훨훨 춤을 추는 곳이자 죽어 가야 하는 적소謫所인 셈이다. 그곳에서 시인은 "들판에 대한 믿음이/ 땅에 심은 밀알 하나쯤은 족히"(「식빵의 테두리」) 되리라 생각하면서 "가장 멀리서 가장 순박하게 오는 것을 담아내고"(「저녁 눈」) 있는 셈이다. 기억과 상상 속으로 거슬러 오르는 존재론적 기원이 거기 활짝 펼쳐져 있다.

이처럼 김유진 시인은 어떤 간절함을 담아 그 간절함을 가능케 해 준 기원의 상징들을 찾아간다. 그것은 노인의 가파르고도 외로운 노동이 존재하는 실제적 벽촌僻村일 수도 있고, 그만의 상상의 원리가 작동하는 자유롭고 허虛한 공중일 수도 있을 것이다. 김유진의 시는 이처럼 언어 생성을 통해 존재 생성이 이루어지는 과정을 보여 주면서 동시에 서정시 창작의 제일의적 수원水源인 기억의 풍경을 심미적으로 구현해 간다. 나아가 시인으로 하여금 자신의 경험적 구체를 견지하게 해 주면서 이제는 그러한 시간을 되돌릴 수 없다는 사실도 깨닫게끔 해 준다. 우리는 그 어둑하고 아름다운 기억과 상상을 담은 그의 시편을 깊은 실감으로 읽게 된다.

5. 미학적 긴장 속에 이루어가는 '너머의 시학'

서정시는 자기 표현 발화를 통해 시인 자신의 의식과 무의식을 첨예하게 드러내는 언어적 양식이다. 이때 시인의 의식과 무의식을 구성하는 질료는 시인 자신이 몸소 겪어 낸 구체적 원체험原體驗일 것이고, 그것을 기억해 내고 표현해 내는 원리는 삶을 순간적으로 파악해 내는 시적 사유와 감각일 것이다. 이러한 사유와 감각의 운동이 다양한 무늬로 펼쳐져 있는 김유진의 시집은 그 점에서 지성적이고 상징적인 차원을 동시에 지향하는 언어적 거소居所이다. 일찍이 프랑스 시인 폴 발레리는 시를 두고 "숭고한 아름다움에 대한 인간의 열망"이 표현된 것이라고 말한 바 있는데, 그렇게 반짝이는 사유와 감각을 통해 김유진은 숭고한 차원으로 도약하려는 존재론적 열망을 토로하는 것이다. 이때 그의 상상력은 자연 예찬이나 이념 지향으로 흐르지 않고, 사물의 구체성과 함께 인간의 근원적 존재 원리에 대한 탐색을 수행해 가게 된다. 그 점이 바로 김유진의 시가 보여 주는 시적 건축의 원리일 것이다. 그리고 그것이 그의 시를 무분별한 말의 난장亂場으로부터 구해 내는 중요한 원리일 것이다. 그러한 장치와 원리를 통해 이제 김유진의 시는 '너머(beyond)의 시학'이라고 명명할 수 있는 범주를 우리에게 또렷하게 보여 주게 된다.

새가 어제처럼
산수유 가지에 앉았다

어제의 기억만큼 휘어지는 가지
새는 발밑에 떨어지는 노란 꽃을 보며
날지 못하는 꽃의 허공을 향해
무언가 말하듯 분주히 등뼈를 세운다
새의 부리로 하는 말
새의 가슴으로 하는 말
새의 날개로 날아간 말이 쌓여
마른 광주리에 수북이 꽃그늘이 되었다
새의 어제처럼
떠난 뒤에 흔들리는 가지처럼
하고픈 말에 갇혀 버린
내 그림자의 무게도 흔들리며 거기에 안주해 있다
                        ―「새의 무게」 전문

　　시인은 허공을 날아가는 '새'의 비상이 아니라 가지에 앉
아 있는 '새'의 무게를 생각한다. 어제처럼 산수유 가지에 앉
은 새의 무게는 "어제의 기억만큼 휘어지는 가지"를 재현해
낸다. 발밑에 떨어지는 꽃을 바라보며 허공을 향해 무언가
를 말하듯 분주한 새는 '시인 김유진'의 현존을 암시하는 듯
하다. 새가 꼿꼿이 세운 등뼈는 그야말로 "뼈대의 숭고함"
(「반사反射의 수명」)으로 남았고, 새의 부리와 가슴은 '말'의 발
원지로 귀속되고 있으니까 말이다. "새의 날개로 날아간 말"
이 쌓여 이루어 낸 수북한 꽃그늘 또한 점점 "떠난 뒤에 흔들
리는 가지처럼" 시인의 그림자를 은은하게 환기해 준다. 새
의 무게처럼 흔들리는 시인의 실존적 무게 또한 무수하게 흔

들리고 있는데, 시인은 그 흔들림으로 "그림자의 무게"라는 또 다른 차원을 사유해 간다. 그 사유가 결국 "젖은 나무가/ 가지에게 바람을 읽으라며/ 물방울 터는 소리"(「툭툭」)를 듣고 "까치들이 불꽃을 입에 물고/ 불꽃의 말"(「홍시」)을 하는 '너머' 의 순간을 허락해 줄 것이다. 그렇게 김유진의 시는 미학적 긴장 속에 이루어가는 '너머의 시학'을 아름답게 보여 준다.

멀리 갈 필요가 없습니다
해답을 찾으려 멀리 갈 필요가 없습니다
짧은 기억이나
같은 듯 다르게 하는 말이나
나를 지우고
끄집어내는 것들은
다음 페이지에 적혀 있습니다

벼랑을 기억하자 이내
중력은 내 눈썹 밑에 자리하고 있다는 것
연습 없이
썩고 마르고 휘어지는 수업이 시작됩니다
모두 침묵이고
모두의 입은 접었습니다
기울어진 바닥에 물기만 흥건합니다

모퉁이 길을 찾아
페이지의 형식을 넘길 때마다

손잔등에 겹겹의 가시로 얼룩질 뿐입니다
구겨진 혁명도 없이
눈먼 새가 우주를 건너고
숨은 영혼이 표정을 끄집어낼 때
변방의 언약들이 문드러지며 하루씩 지워 갑니다
—「다음 페이지에」 전문

　이번 시집의 표제작이기도 한 이 우뚝한 시편은 '다음 페이지'라는 물리적 상황을 어떤 상징적 차원으로 옮겨 간다. 그 차원이란 멀리 갈 필요도 없이 '다음 페이지'에 있다. 그곳에서는 "짧은 기억"이나 "같은 듯 다르게 하는 말"이나 "나를 지우고/ 끄집어내는 것들"이 충일하게 번져 있다. '다음 페이지'에는 벼랑의 기억을 넘어 중력을 안고 펼쳐지는 침묵이 홍건한데, 시인은 "모퉁이 길을 찾아/ 페이지의 형식을 넘길 때마다" 손잔등에 얼룩지는 가시의 흔적과 함께 "숨은 영혼"의 "표정"과 "변방의 언약들"을 떠올리고 있다. 자연스럽게 여러 존재자들이 지워지고 새로이 태어나는 '다음 페이지'는 그렇게 지금-여기의 '너머'에 있는 신성한 처소를 생각하게 해 준다. 비록 "다음 페이지 행간에는/ 지금의 흔적들이 고스란히 남아"(「그림자 풍경」) 있지만 시인의 사유 속에서 그것은 "누군가 돌아오는 시간"(「은어銀魚의 집」)을 집약하면서 "각자의 문양으로"(「조약돌」) 미학적 원심력을 극대화하고 있다. 그 원심력이 최대한 뻗어 나갈 때 시인은 가장 투명하고 성스러운 존재의 상태에 이르게 되는 것이다.

이처럼 김유진 시인은 구체적이고 명료한 대상을 넘어 상징적인 가치들을 노래함으로써 타성적이고 습관적인 깨달음의 순간을 훌쩍 넘어선다. 또한 자신이 걸어온 궤적 가운데 특별히 시 쓰기의 자의식을 또렷하게 형상화함으로써 시에 대한 가장 근원적인 질문도 간단없이 수행해 간다. 그렇다고 그가 소박한 깨달음의 세계로 퇴행하고 있다고 예단해서는 안 된다. 오히려 그의 시는 꿈과 현실을 넘나들면서 우리가 잃어버린 시원始原의 세계를 탐색하는 속성을 집중적으로 보여 줌으로써 미학적 긴장을 늦추지 않고 있다 할 것이다.

6. 서정시의 본령과 확장 가능성

우리가 한 편의 서정시를 쓰고 읽는 것은 그 자체로 커다란 우주적 진실이나 역사적 사건에 동참하는 일일 뿐만 아니라 자신의 사유와 감각에 새로운 탄력을 부여하는 작업이 되기도 한다. 물론 서정시를 읽는 경험이 일정한 지속성으로 삶을 규율하는 것은 아니지만, 그것은 삶의 무의미함에 일종의 정서적 충격을 부여함으로써 자신을 반성적으로 생각할 수 있는 에너지를 선사한다. 이것이 서정시의 가장 보편적이고 확연한 존재 의의일 것이다. 다시 말해 우리는 좋은 서정시를 읽음으로써, 미처 알지 못했던 삶의 의미와 가치를 깨닫고, 새로운 사유와 감각을 경험하게 되는 것이다. 우리가 김유진의 시를 읽고 느끼는 점도, 이러한 의미와 가치를 알아 가는 경험이라고 할 수 있다. 서정시의 존재 의의가 삶에 대한 끝없는 질문과 신뢰에 있다면, 김유진의 시는 삶에 대한 간단없는 성찰과 궁극적 긍정에 이르는 과정을 선명하게 보여 주는 사례일 것이다.

　우리 시대는 문학조차 공공연한 상품 미학의 후광을 입고 유통되고 있다. 그리고 시인들도 혹여 문화 산업의 중요한 일원임을 떳떳하게 자임하는 시대에 살고 있는지도 모른다. 이러한 퇴행의 시대에 김유진 시인이 들려준 이러한 성찰과 긍정의 힘은 서정시의 정체성을 여러 모로 선명하게 확인해 준다. 그 성찰과 긍정의 힘으로 구성된 김유진의 이번 시집은 그래서 우리로 하여금 삶의 궁극적 가치를 경험하게 하고 존재론적 그리움을 느끼게 해 줄 것이다. 사실 모든 서정시는 꿈과 현실, 상상과 실재 사이에서 착상되고 완성되어 간다. 이성의 통제에 의한 현실 인식이나 감정 과잉에 의해 싸인 몽상으로는 인간의 복합적 정서를 파악할 수 없는 것은 바로 그 때문이다. 그 점에서 어둑한 현실을 드러내면서도 그것을 암시적으로 치유해 가는 김유진의 시집 『다음 페이지에』는 서정시의 본령에 충실하면서도 그것의 확장 가능성을 충일하게 보여 주는 사례로 가득하다고 할 것이다. 새로운 시집 발간을 더없이 축하드리면서, 이번에 보여 준 서정과 인식의 충일한 사례를 딛고 넘으면서, 김유진 시인이 더욱 광활하고 견고한 '다음 페이지'로 나아가기를 마음 깊이 소망해 본다.

천년의시인선